Die Macht der Psychologie

Manipulationstechniken und Menschen lesen - Wie Sie Bedürfnisse verstehen, Körpersprache analysieren und mit rhetorischen Stilmitteln Ihren Gegenüber für sich gewinnen

Victor von Ebersberg

ISBN – 9798512810286

Inhaltsverzeichnis

Bedürfnisse

Psychische Grundbedürfnisse – Wann und wie wir uns wohlfühlen

Hunger, Durst, Schlafmangel - Sie wissen wahrscheinlich aus eigener Erfahrung, wie unangenehm es sein kann, wenn grundlegende körperliche Bedürfnisse nicht erfüllt werden. Langfristig kann dies sogar zu körperlichen Schäden führen. Diese sind nicht ganz dasselbe, wie die weniger bekannten psychologischen Grundbedürfnisse, aber es gibt viele Ähnlichkeiten.

Wir werden täglich mit unseren körperlichen Bedürfnissen konfrontiert. Unangenehme Empfindungen wie Müdigkeit oder ein knurrender Magen lenken unsere Aufmerksamkeit auf sie und veranlassen uns, an ihnen festzuhalten und sie zu stillen. Leider verhält es sich mit psychologischen Bedürfnissen nicht so. Denn wenn diese Bedürfnisse auch erfüllt werden, entstehen trotzdem unangenehme Gefühle. Da wir im Gegensatz zu körperlichen Bedürfnissen in der Regel deutlich weniger bewusste Erfahrung mit ihnen machen und sie kaum Konsequenzen für das Überleben haben, ist es für uns schwieriger, mit ihnen umzugehen. Kein Wunder, denn welche und wie viele psychologische Grundbedürfnisse es gibt, ist selbst unter Experten umstritten. In der Psychologie gibt es verschiedene Theorien über die Anzahl und Art der psychologischen Grundbedürfnisse, die sich geringfügig unterscheiden. Einige betonen ein bestimmtes Bedürfnis als besonders wichtig, andere postulieren eine Kombination aus verschiedenen und unterschiedlich vielen gleichwertigen Bedürfnissen als sehr wichtig. Besonders anerkannt und empirisch gut belegt ist der Ansatz des Psychologen Klaus Grawe, der folgende vier Grundbedürfnisse benannte:

Das Bedürfnis nach Bindung

Das Bedürfnis nach Bindung spielt eine sehr zentrale Rolle, insbesondere in den ersten Lebensjahren, wenn wir auf die Hilfe anderer Menschen angewiesen sind. Wenn wir eine oder mehrere Hauptbezugspersonen (z. B. Mutter oder Vater) haben, die in dieser Phase für uns da sind, entwickeln wir ein grundlegendes Vertrauen in andere Menschen und Beziehungen. Wenn uns eine so zuverlässige Person fehlt, entwickeln wir später mit größerer Wahrscheinlichkeit Bindungsstörungen und psychische Erkrankungen. Unsere ersten Beziehungserfahrungen prägen uns für unser ganzes Leben.

Aber auch später, wenn wir älter und unabhängiger werden, hat das Bedürfnis nach Bindung einen erheblichen Einfluss auf unsere Zufriedenheit. Vielleicht kennen Sie Situationen, in denen Sie unglücklich sind, weil Sie sich allein fühlen oder weil Sie eine bestimmte Person vermissen? In diesen Momenten signalisiert Ihr Bedürfnis nach Bindungen wahrscheinlich, dass etwas fehlt.

Das Bedürfnis nach Kontrolle und Selbstbestimmung

Wenn wir uns sicher mit einer Person verbunden fühlen, entwickeln wir bald andere Wünsche: zum Beispiel unser Leben unabhängig zu gestalten, Situationen zu verstehen und zu kontrollieren, in der Lage zu sein, unsere eigenen Entscheidungen zu treffen. Dieses Bedürfnis wird verletzt, wenn wir häufig feststellen, dass Situationen unvorhersehbar sind und wir sie nicht beeinflussen können. Zum Beispiel, wenn wir in der Kindheit keine klaren, verlässlichen Regeln erhalten. Oder bei unkontrollierbaren Ereignissen im späteren Verlauf der Lebensabschnitte, wenn wir unerwartet mehrere Male den Arbeitsplatz verlieren.

Das Bedürfnis nach Selbstwert

Sicher haben Sie bereits aus erster Hand erfahren, wie gut es sich anfühlt, Lob zu erhalten, erfolgreich zu sein und Ziele zu erreichen, die Sie sich selbst gesetzt haben. Dort war dann Ihr Bedürfnis nach Selbstachtung erfüllt. Es geht dabei darum, dass wir von Kindheit an danach streben, sich von anderen gut, kompetent und geschätzt zu fühlen. Wenn wir in einem Umfeld aufwachsen, welches Vertrauen in uns hat, unsere Leistungen anerkennt und uns gleichzeitig vermittelt, dass schlechte Leistungen Teil davon sind und nichts an unserem Wert ändern, wird dieses Bedürfnis erfüllt.

Das Bedürfnis nach Vergnügen

Sich stundenlang davor drücken, die Wohnung aufzuräumen, zum Sport zu gehen, für die Prüfung zu lernen – was auf den ersten Blick wie Faulheit wirkt, ist grundsätzlich erstmal das Resultat eines gesunden menschlichen Bedürfnisses. Denn von Geburt an bemühen wir uns alle unermüdlich, angenehme Erfahrungen zu machen oder unangenehme und schmerzhafte Erfahrungen zu vermeiden.

Im Laufe unseres Lebens sollten wir lernen, uns mit lustvollen Erfahrungen wie gutes Essen, faul sein oder Hobbies zu belohnen, da sie uns glücklich und zufrieden machen. Genauso wichtig ist es jedoch, mit Unbefriedigendem umzugehen und es bis zu einem gewissen Grad zu ertragen, um längerfristige Ziele zu erreichen. Wenn wir zum Beispiel ein gutes Prüfungsergebnis erzielen wollen, ist es wichtig, aufzustehen, um zu lernen und Missfallen zu ertragen.

Befriedigte Bedürfnisse machen glücklich

Wenn unsere Grundbedürfnisse erfüllt sind, geht es uns gut. Dann erleben wir positive Gefühle wie Freude,

Zufriedenheit oder Stolz. Vielleicht kennen Sie das Gefühl von Glück und Sicherheit, wenn Sie jemanden nach langer Zeit wiedersehen, der Ihnen wichtig ist? Ihr Bedürfnis nach Bindung wird so wahrscheinlich erfüllt. Vielleicht kennen Sie auch das freie, schöne Gefühl einer lang erwarteten Fernreise? Wahrscheinlich freut sich hier das Bedürfnis nach Selbstbestimmung.

Ihre Bedürfnisse müssen nicht rund um die Uhr erfüllt werden

Natürlich ist es nicht immer möglich, unsere Grundbedürfnisse optimal zu erfüllen. In bestimmten Situationen und Lebensphasen, beispielsweise nach dem Umzug in eine neue Stadt oder nach einer Trennung können die Grundbedürfnisse vorübergehend vereitelt werden. Im Laufe der Zeit schaffen wir es jedoch normalerweise, die notwendigen Umstände zu schaffen, um unsere Bedürfnisse unseres Lebens wieder zu erfüllen. Zum Beispiel durch ersten Kontakt mit anderen Menschen in einer neuen Stadt. Solche Phasen sind im Leben immer wieder notwendig, um eine persönliche Entwicklung zu ermöglichen. Darüber hinaus gewinnen wir gerade in diesen Zeiten Vertrauen in uns selbst, um mit Schwierigkeiten fertig zu werden.

Beharrlichkeit vernachlässigt? Unerfüllte Bedürfnisse können Sie unglücklich und krank machen

Wenn die Grundbedürfnisse dauerhaft nicht erfüllt werden, ist dies nicht nur mit anhaltenden negativen Gefühlen und Spannungen verbunden, sondern auch mit einer erhöhten Anfälligkeit für psychische Störungen. Wenn beispielsweise unser Bedürfnis, über einen längeren Zeitraum eine soziale Verbindung herzustellen, unerfüllt bleibt, weil wir keine sozialen Kontakte haben, besteht eine hohe Wahrscheinlichkeit, dass wir bald unter starken Einsamkeitsgefühlen leiden und sogar depressive Erkrankungen entwickeln. Dasselbe gilt, wenn ein anderes Grundbedürfnis unerfüllt bleibt. Wenn zum Beispiel beim Eingehen einer neuen Beziehung das Bedürfnis nach Bindung befriedigt wird und gleichzeitig das Bedürfnis nach Autonomie verletzt wird.

In solchen Fällen ist es wichtig, auf unsere Bedürfnisse einzugehen und zu überlegen, welche Bedürfnisse uns wichtig sind und wie wir diese besser erfüllen oder ansprechen können.

Warum verletzte Bedürfnisse in der Kindheit besonders schwerwiegend sind

Es ist problematisch, wenn unsere Grundbedürfnisse in der Kindheit nicht erfüllt werden, vor allem wenn dies immer wieder geschieht. Zum Beispiel, weil es niemanden gibt, auf den wir uns verlassen können. Oder weil wir ständig von anderen herabgewertet werden. Dann bleiben die Bedürfnisse ständig unbefriedigt und kontrollieren unser Verhalten. Dies ähnelt unbefriedigten körperlichen Bedürfnissen wie Hunger oder Durst, die ohne die jeweilige Tätigkeit wie Essen oder Trinken nicht einfach verschwinden. Wenn zum Beispiel unser Bedürfnis nach Selbstachtung in der Kindheit massiv vernachlässigt wurde, richten wir unser Verhalten übermäßig auf diese Zufriedenheit aus, indem wir beispielsweise nach herausragendem Erfolg streben.

Auch wenn die Vergangenheit nicht geändert werden kann, können wir uns dennoch darauf beziehen und unsere frühe Kindheit adressieren und behandeln. Dies ist ein wichtiges Thema in fast jeder Psychotherapie und nennt sich: Arbeiten mit dem inneren Kind.

Der eine reist lieber allein durch die Welt, der andere sucht die Liebe fürs Leben

Wir alle haben die gleichen Bedürfnisse - wie wichtig ein Bedürfnis für den Einzelnen ist und welche Strategien ihm helfen, die Bedürfnisse zu erfüllen, ist sehr individuell. Abhängig von unseren Lernerfahrungen und unserer Persönlichkeit sind uns bestimmte Bedürfnisse wichtiger als andere. Während Autonomie dem einen heilig ist und er es vorzieht, monatelang allein um die Welt zu reisen, sind enge, stabile Beziehungen für jemand anderen wichtiger. Darüber hinaus können individuelle Bedürfnisse in bestimmten Lebensphasen an Bedeutung zu- oder abnehmen. Ein Beispiel ist die Trennung vom Elternhaus, die in der Pubertät beginnt: Hier ist das Bedürfnis nach Selbstbestimmung besonders groß, während das Bindungsbedürfnis zu Bezugspersonen, wie der Mutter und dem Vater, vorübergehend in den Hintergrund tritt. Das Bedürfnis nach Selbstbestimmung hat Vorrang vor sozialer Bindung.

Ein erster Schritt zum Wohlbefinden: Kennen Sie Ihre eigenen Bedürfnisse!

Für Ihr Wohlbefinden ist es vor allem wichtig, sich und Ihre Bedürfnisse kennenzulernen und herauszufinden, was Ihnen dabei hilft, diese zu erfüllen. Ihre Gefühle geben Ihnen einen wichtigen Hinweis. Denken Sie an die Situationen, in denen Sie sich besonders wohl fühlen: Unter engen Freunden? Oder wenn Sie Erfolg haben? Überlegen Sie dann, welche Bedürfnisse in diesen Situationen erfüllt werden könnten. Und umgekehrt, wenn negative Gefühle auftauchen, können Sie sich fragen, was mit Ihnen los ist. Wenn Sie das Gefühl haben, dass Ihre Bedürfnisse in Konflikt geraten sind und Sie leiden, kann es hilfreich sein, professionelle Hilfe in Anspruch zu nehmen.

Die Bedürfnisse nach Maslow

Abraham Maslows Bedürfnishierarchie ist ein sozialpsychologisches Modell für die Hierarchisierung menschlicher Bedürfnisse und Motivationen.

Die nächsthöhere Nachfrage kann nur erreicht werden, wenn die niedere darunter erfüllt ist. Bereits erfüllte Bedürfnisse wirken nicht mehr motivierend.

In Studien und in der Wissenschaft wird das Modell der Bedürfnishierarchie theoretisch und empirisch angewendet.

Maslow unterteilt die menschlichen Bedürfnisse in 5 Ebenen, die aufeinander aufbauen. Er beschreibt die ersten 4 Ebenen als Defizitbedarf und die höchste Ebene als Wachstumsmotiv.

Wenn die Defizitbedürfnisse unerfüllt bleiben, kann dies physische und emotionale Auswirkungen haben. Der Bedarf an Wachstum kann jedoch niemals vollständig gedeckt werden.

Physiologische Bedürfnisse

Physiologische Bedürfnisse sind alle Grundbedürfnisse, die für das Überleben des Menschen notwendig sind. Sie bilden daher die Grundlage für die Hierarchie der Bedürfnisse, der Bedürfnispyramide.

Es handelt sich dabei etwa um die Versorgung des Menschen mit

- Sauerstoff
- Wasser
- Nahrung
- Homöostase (Schutz vor Witterung, Behausung)

Sicherheitsbedürfnisse

Sobald die physiologischen Bedürfnisse erfüllt sind, strebt der Mensch nach Sicherheit.

Die Sicherheitsbedürfnisse umfassen den Wunsch nach:

- Schutz
- Stabilität
- Ordnung

Maslow versteht darunter auch das Bedürfnis nach körperlicher sowie seelischer, finanzieller und sozialer Sicherheit.

Maslow geht ebenfalls davon aus, dass die Menschen das Bekannte dem Unbekannten vorziehen. Die Menschen wollen alles verstehen und erklären können. Der Wunsch, von einer stärkeren Person geschützt zu werden, ist auch eines der Sicherheitsbedürfnisse.

Soziale Bedürfnisse

Werden die Rangniederen genannten Bedürfniskategorien erfüllt, dann kommt die soziale Natur des Menschen zur Geltung und sein Bedürfnis nach sozialer Bindung.

Dazu gehören, das Bedürfnis nach:

- Kommunikation
- Gemeinschaft (Familie, Freundschaft usw.)
- sozialem Austausch
- der Beibehaltung einer sozialen Rolle
- einem sicheren Platz in einer sozialen Gruppe

Geht z. B. eine Beziehung zugrunde, dann versucht der Mensch diese Lücke mit einer neuen sozialen Beziehung zu schließen.

Individualbedürfnisse

Wenn alle bisherigen Bedürfniskategorien erfüllt sind, strebt der Mensch nach:

- Macht
- Anerkennung
- Wertschätzung
- Status

Die Erfüllung dieser Bedürfnisse ist jedoch sehr individuell. Daher werden sie Individualbedürfnisse genannt. Für einige Leute ist z.B. Macht von großer Bedeutung, während sie für andere von geringerer Bedeutung ist.

Selbstverwirklichung

An oberster Stelle der Bedürfnispyramide von Maslow, steht das Bedürfnis nach Selbstverwirklichung.

Um zu diesem höchsten Bedürfnisbestreben zu gelangen, müssen alle bisherigen Bedürfnisse erfüllt sein.

Der Mensch möchte, im Rahmen des Bedürfnisses nach Selbstverwirklichung,

- seine Fähigkeiten,
- seine Persönlichkeit und
- seine Kreativität entwickeln,
- um seinem Leben Sinn zu geben.

Maslow Modell 1970

Maslow erweiterte das Modell 1970 zu einer 8-Stufen-Pyramide. Ganz oben fügte er Transzendenz hinzu, die Suche nach Gott oder dem Spirituellen. Dies ist eine Dimension, die außerhalb der menschlichen Beobachtung liegt.

Schließlich fügte er nach den jeweiligen individuellen Bedürfnissen noch ästhetische und kognitive Bedürfnisse hinzu.

Das ältere 5-Stufen-Modell wird dennoch viel häufiger zitiert und angewendet.

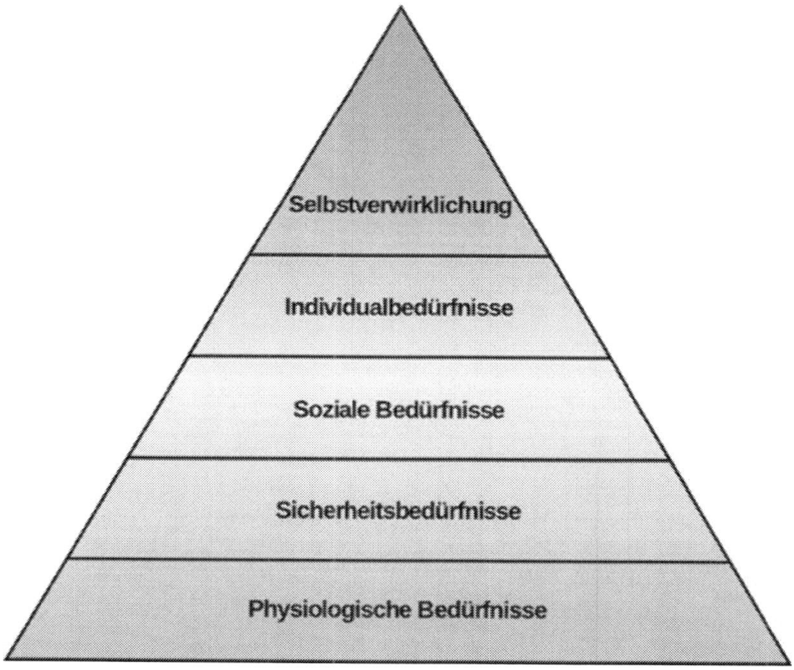
Selbstverwirklichung
Individualbedürfnisse
Soziale Bedürfnisse
Sicherheitsbedürfnisse
Physiologische Bedürfnisse

Körpersprache analysieren

Unser Körper spricht immer. Selbst wenn wir schweigen, sprechen wir weiterhin durch unsere Körpersprache. Dazu gehören Haltung, Gesten und Gesichtsausdrücke, Stimme oder Kleidung. Zusammengenommen sagt es der anderen Person viel darüber aus, was wir wirklich denken oder fühlen. Erst wenn die nonverbalen Signale mit unseren Aussagen übereinstimmen, entsteht ein kohärentes Bild und damit Glaubwürdigkeit, Authentizität und Vertrauen. Die Körpersprache spielt eine entscheidende Rolle in der Kommunikation - mehr als das gesprochene Wort. In Vorstellungsgesprächen genauso wie in Verhandlungen oder in alltäglichen Beziehungen. Dieses Buch zeigt Ihnen, wie Sie die Körpersprache interpretieren und Gesten entschlüsseln können. Die Körpersprache und ihre Auswirkungen werden selten bewusst und aktiv betrachtet. Dies lässt viel Potenzial ungenutzt.

„Man kann nicht nicht kommunizieren", wusste der Kommunikationsforscher Paul Watzlawick bereits. Wir können also auch nicht einfach unsere Körpersprache ausschalten. Unsere Gesten, Gesichtsausdrücke, Bewegungen, räumlichen Beziehungen, Berührungen, Kleidung und Körperhaltungen sagen immer etwas aus. Selbst wenn wir schweigen, bleibt der Körper nicht still. Das steht fest. Was der Empfänger damit macht, ist was komplett Anderes.

Die Körpersprache ist nicht nur universell, sondern kann viele Sprachbarrieren überwinden. Sie hat auch enorme Kraft. Sie kann Sympathie wecken, Vertrauen gewinnen, Menschen überzeugen - oder alles zerstören.

Körpersprache: 80 Prozent der kommunikativen Wirkung

Einige Studien führen bis zu 80 Prozent der kommunikativen Wirkung auf die Körpersprache zurück - noch vor den Worten. Ein Grund dafür: Gesten und Gesichtsausdrücke sind schwieriger zu kontrollieren. Sie erzählen uns mehr und gelten daher als realer und wahrer. Wissenschaftler sagen, dass der erste Eindruck durch Aussehen, Kleidung, Haltung, Gesten, Gesichtsausdrücken, Sprechgeschwindigkeit, Tonfall und Betonung bis zu 95 Prozent geprägt wird. Das gesprochene Wort wird fast zu einer Nebensache.

Außerdem manifestiert sich dieser Eindruck in nur wenigen Sekunden. Danach ist die Einschätzung unseres Gegenübers vorerst sicher. In den meisten Fällen ist unsere Körpersprache jedoch eine unbewusste Ausdrucksform. Es ist also höchste Zeit, genauer hinzuschauen.

Mimik

Unsere Augen machen Menschen nicht nur unverkennbar. Sie verraten auch viel darüber, wie es uns geht. „Die Augen sind die Fenster zur Seele", stellte schon Hildegard von Bingen im 12. Jahrhundert fest. Sie offenbaren, ob wir traurig, verliebt, wütend oder ängstlich sind.

„Ich schau dir in die Augen, Kleines", sagt Humphrey Bogart zu Ingrid Bergman im Film Casablanca. Und er hat es gut gemacht: Wenn Menschen einen ersten Eindruck hinterlassen, orientieren sie sich zuerst am Gesicht ihres Gegenübers. Sie schauen sich während eines Gesprächs automatisch in die Augen. Diese geben Auskunft darüber, was im Anderen vor sich geht. Gefühle wie Angst, Wut oder Freude spiegeln sich unweigerlich darin wieder. Der Mensch hat keinen Einfluss darauf. Die inneren Augenmuskeln werden vom autonomen Nervensystem gesteuert, das nicht bewusst gesteuert werden kann.

Insbesondere die Pupille ist der größte Verräter. Es ist die Öffnung des Auges, durch die Licht eintritt. Je nach Lichtverhältnissen wird die Pupille breiter oder schmaler. Emotionale Faktoren beeinflussen aber auch die Aktivität der Pupille. Hier offenbart sie die wahren Gefühle des Menschen. Aus der Körpersprache der Augen können verschiedene Botschaften und Erkenntnisse gelesen werden:

Sprache der Augen: Was Sie darin dechiffrieren

„Ich habe Angst."

Wenn Menschen Angst haben, dehnen sich ihre Pupillen aus. Dies ist ein Schutzmechanismus, der Menschen bei der Flucht helfen soll.

„Ich finde dich anziehend."

Wenn wir flirten, achten wir besonders auf die Augen der anderen Person, um zu sehen, ob sie Interesse signalisiert. Wenn Sie erweiterte Pupillen entdecken, können Sie sich auf ungeteilte Aufmerksamkeit verlassen.

„Ich bin angeekelt."

Wenn eine Person angewidert ist, ziehen sich die Pupillen zusammen, um einen Schock so schnell wie möglich zu verhindern.

„Ich bin wütend.“

Wenn Wut im Blick erkannt wird, spielt dies eine wichtige Rolle. Ein direkter böser Blick signalisiert Wut. Die Augenbrauen ziehen sich ebenfalls zusammen (Stirnrunzeln).

„Ich bin betäubt.“

Geweitete Pupillen können aber auch ein Zeichen für Drogenkonsum sein. Diesen Effekt haben beispielsweise Cannabis, Amphetamine oder Halluzinogene.

„Ich bin krank.“

Die Augen sind ein Spiegel der Gesundheit. Ärzte verwenden Pupillenreflexe, um festzustellen, ob das Gehirn des Patienten richtig funktioniert. Beispielsweise können ungleichmäßige Pupillen ein Hinweis auf einen Gehirntumor sein.

„Ich lüge.“

Diese Methode ist umstritten, es gibt jedoch kriminologische Techniken, die Lügen anhand von Augenbewegungen identifizieren. Eine Person, die sich an etwas erinnert, schaut in eine andere Richtung als jemand, der etwas erfunden hat.

Neben der Gesichtsform spielt auch die Farbe der Augen eine Rolle. Zum Beispiel bei der Beurteilung des Charakters. Karel Kleisner von der Karlsuniversität in Prag stellte fest, dass

Männer mit braunen Augen vertrauenswürdiger erscheinen als Männer mit blauen Augen.

Der optimale Blickkontakt

Augenkontakt bleibt jedoch eines der stärksten körpersprachlichen Signale. Je nach Intensität hinterlassen wir unterschiedliche Gefühle und Eindrücke. Jeder, der uns ansieht, zeigt Interesse, Aufmerksamkeit und Zuneigung. Andererseits drücken diejenigen, die den Augenkontakt unterbrechen, Schüchternheit, manchmal aber auch Desinteresse, Gleichgültigkeit und Scham aus.

Zu lange zu starren ist aber auch nicht gut. Wissenschaftler, die mit Alan Johnston vom University College London zusammenarbeiteten, stellten fest, dass wir nicht länger als 3,3 Sekunden auf einmal in die Augen der anderen Person starren sollten. Dies könnte nämlich aggressiv und aufdringlich wirken. Daher sollten Sie in der Zwischenzeit ruhig Ihren Blick wandern lassen.

Das können Sie am Augenspiel erkennen

- Wer redet, **blinzelt** häufiger als jemand der schweigt. Ist das umgekehrt, kann man davon ausgehen, dass sich gelangweilt wird.
- Häufiges **Augenklimpern** wiederum, wie es Frauen gerne anwenden, wenn sie einem Mann Interesse signalisieren möchten (Volksmund: schöne Augen machen), ist in Wahrheit eine Unterwürfigkeitsgeste.
- Der durchhaltende, **intensive Blick** dagegen wird als Zeichen von Stärke und Charisma gesehen. Schauspieler Michael Caine soll z.B. jahrelang geübt haben, nicht zu blinzeln, um damit seine theatralische Wirkung zu steigern.
- Sein Gegenüber visuell zu fixieren, kann allerdings ebenso einschüchtern oder abschrecken. **Prüfende Blicke** verunsichern. Entsprechend spielen viele Geschäftsleute beim Erstkontakt eine Art Augenmikado: Wer zuerst wegsieht, hat verloren. Danach ist in ihren Augen klar, wer die schwächeren Nerven hat.

Besonders wichtig bei Mimik: Lächeln! Dies hat mehrere positive Eigenschaften: Ein ehrliches Lächeln lässt Sie nicht nur sympathievoller aussehen, sondern macht auch den Rest

Ihres Verhaltens positiver und offener. Diejenigen, die andere Menschen anlächeln, sind aufgeschlossener. In der Tat hat sich gezeigt, dass Lächeln und Lachen Ihre Stimmung verbessert - auch wenn sie es zuerst nur simulieren.

Gestik

Gesten als Summe aller möglichen Bewegungen begleiten uns ständig in der nonverbalen Kommunikation. Innerhalb desselben Kulturbereichs wissen die Kommunizierenden, wie sie die jeweiligen Gesten und Handzeichen richtig interpretieren. Abgesehen davon können diese manchmal andere Bedeutungen haben.

Unterscheidung der Gestik in fünf Formen

Da wir unsere Gesten teilweise bewusst und teilweise unbewusst in der Kommunikation verwenden, ist es wichtig, die Wirkung der Gesten herauszufinden. Natürlich ohne vorzugeben, wahr zu sein, wenn sie es in Wirklichkeit nicht sind. Bereits 1969 entwickelte der amerikanische Anthropologe und Psychologe Paul Ekman zusammen mit seinem Kollegen Wallace V. Friesen eine Unterscheidung zwischen Gesten in fünf Formen:

- **Illustratoren:** Diese Gesten illustrieren das Gesagte. Z. B. wenn Sie mit einer hinaufsteigenden Hand verdeutlichen, wie groß der Stapel an Arbeit ist, der auf Ihrem Schreibtisch liegt.
- **Embleme:** Hierbei handelt es sich um kulturell und gesellschaftlich festgelegte Signale. Zum Beispiel das Nicken, das als „Ja" gilt. Embleme ersetzen Wörter. Sie bilden eine vereinfachte Form der Kommunikation.
- **Adaptoren:** Diese Gesten finden unbewusst statt und wurden in der Kindheit gelernt und angepasst. Zum Beispiel Kneten der Ohrläppchen bei innerer Unruhe oder Stress.

- **Regulatoren:** Diese Gesten sollten bewusst funktionieren. Und meistens regulierend: Zum Beispiel an einen Zuhörer, dem angezeigt wird, dass er jetzt nicht unterbrochen werden möchte.
- **Affektgesten:** Diese Gesten drücken meistens Emotionen aus - unfreiwillig und oft in einem Affekt. Zum Beispiel Mikrogesten der Überraschung (offener Mund) oder des Unverständnisses (hochgezogene Augenbrauen).

Aber Gesten können noch mehr. Sie können den Status einer Person ausdrücken, beispielsweise denjenigen auf- und abwerten. In der Fachsprache wird hierbei zwischen sogenannten „Hochstatus Gesten" und „Tiefstatus Gesten" unterschieden. Erstere werden auch „Power Posen" genannt.

Diese wirken sich nicht nur beeindruckend auf andere aus. Sie können sich auch positiv auf Ihr eigenes Selbstwertgefühl auswirken.

Oder anders ausgedrückt: Wer Powerposen in seine Körpersprache integriert, signalisiert anderen Macht und fühlt sich auch besser, selbstbewusster und professioneller - was wiederum nach außen strahlt und den Effekt verstärkt. Um sich des Einflusses bewusst zu werden, den Statusgesten und die damit verbundenen Eigenschaften und Verhaltensweisen auf Sie und andere haben können, finden Sie hier eine Übersicht über die wichtigsten Gesten:

Power Posen und ihre Bedeutungen

Hochstatus	Tiefstatus
Kompetent	Sympathisch
Selbstbewusst	Zurückhaltend
Selbstsicher	Unsicher
Entscheidungsstark	Zögerlich
Sachlich	Emotional
Reserviert	Offen
Unabhängig	Anhänglich
Souverän	Unruhig
Körperspannung	Schlaff
Raum einnehmend	Klein machend
Langsam sprechend	Hektisch sprechend
Pointierte Gestik	Wild fuchtelnd
Kräftige Stimme	Leise Stimme
Tiefe Stimme	Hohe Stimme
Feststehend	Gewicht verlagernd
Aufrechte Haltung	Gebückte Haltung
Direkter Blickkontakt	Ausweichender Blick
Entspannte Mimik	Angestrengter Ausdruck

Sie sollten Ihrem Körpersprachenrepertoire auf jeden Fall Power-Posen hinzufügen. Auf diese Weise haben Sie mehr Kontrolle, sowie Gefühl für Ihre externen Effekte und können sich gleichzeitig besser präsentieren.

7 Tipps für eine selbstbewusste Ausstrahlung

- Körperhaltung gerade und aufrecht, fester Stand
- Körperspannung vorhanden, aber nicht verkrampft
- Atmung gleichmäßig und tief (Bauchatmung)
- empathischer und anhaltender Blickkontakt
- Stimme ist ruhig, fest und tief, langsam sprechen
- Gestik ist dynamisch, aber reduziert und nah am Körper
- Mimik bleibt kontrolliert, aber entspannt. Viel lächeln!

Körperhaltung

Bauch rein, Brust raus. Die Muskeln sind angespannt, die Schultern gerade, eine feste, breite Haltung: Dies ist eine aufrechte Haltung. Die meisten Menschen verbinden eine solche Haltung mit einem aufrechten Charakter. Das ist bereits in der Alltagssprache verankert. Diejenigen, die beide Füße fest auf dem Boden haben, sind nicht nur geerdet, sondern haben auch einen starken Realitätssinn. Jemand, der mit breiten Schultern durchs Leben geht, strahlt Selbstvertrauen und Kraft aus. Ein erhobener Kopf hingegen bietet einen offenen Blick auf die Welt. Die Körperhaltung im Vorstellungsgespräch wird gar zum Teil der Selbstpräsentation. Hier ein Überblick dessen:

- Offene Haltungen im Brust- und Halsbereich zum Beispiel symbolisieren Mut, Souveränität und Selbstsicherheit.
- Wer im Gespräch seinen Körper vorbeugt, signalisiert wiederum Interesse und Aufmerksamkeit am Gegenüber.
- Wer angeschlurft kommt, strahlt dagegen keine Energie oder Dynamik aus – im Gegensatz zu dem, der einen zackigen straffen Gang besitzt.

Biologisches Feedback: Körperhaltung wirkt sich auf uns selbst aus

Dieser Einstellungseffekt ist jedoch keine Einbahnstraße, sondern funktioniert auch umgekehrt. Wissenschaftler nennen es Biofeedback. Erik Peper, Professor an der San

Francisco State University, hat eine Studie veröffentlicht, die zeigt, dass wir unsere Stimmung, Energie und sogar Leistung ändern können, indem wir einfach unsere Haltung ändern. Das Gute an der Körperhaltung ist, sie kann gezielt trainiert und eingesetzt werden. Wenn Sie beispielsweise das nächste Mal schlechte Laune haben oder sich nicht so sicher erscheinen, strecken Sie sich einfach ein paar Minuten und zwingen Sie sich, aufrecht zu stehen und zu gehen. Ziehen Sie Ihre Schultern zurück und strecken Sie Ihren Rücken. Und dann beobachten Sie, wie Ihre Stimmung steigt und Ihre Wirkungen auf andere sich positiv verändert.

Berührungen

Es ist nur eine kleine Geste, ein Händedruck, eine Liebkosung, eine kurze Berührung. Flüchtig. Nicht mehr als ein oder zwei Sekunden: aber es hat alles was es braucht, um vollwertige Impressionen zu bewirken. Babys reagieren auch schon positiv und mit Wohlbefinden auf sensorische Wahrnehmung.

Sanftes, liebevolles Streicheln oder einfach nur umarmt und gehalten zu werden, senkt automatisch unseren Stress und Puls. Unser Körper reagiert sofort auf Berührung, Zärtlichkeit und Hautkontakt indem Ängste abnehmen, wir uns beruhigen, dabei wird sogar das Immunsystem gestärkt. Man denke etwa an...

- Das zustimmende Schulterklopfen nach Erfolg.
- Die Umarmung zu Begrüßungen oder Trost.

Wissenschaftler fanden heraus: Schon nur 20-sekündige Umarmungen heben unseren Oxytocin-Spiegel an. Effekt: Wir vertrauen uns danach mehr und fühlen uns sicherer.

Der Tastsinn lässt sich nicht ausschalten

Die Haut ist das größte menschliche Sinnesorgan. Es bedeckt unseren ganzen Körper. Für einen Erwachsenen kann dies fast zwei Quadratmeter einnehmen. Wir können unsere Nasen, Augen und Ohren bedecken, unseren Mund schließen - aber wir können den Tastsinn nicht ausschalten. Die Auswirkungen von Berührungen sind in der Medizin seit langem bekannt. Denken Sie zum Beispiel an Massagen: Sie sind selten zufällig und normalerweise weniger sanft, aber das Kneten wirkt nicht nur auf die Muskeln, sondern das Streicheln und Berühren beruhigt uns und vor allem unsere Sinne.

Deswegen hat das Schulterklopfen bei einem Kollegen, der gerade niedergeschlagen ist, gleich eine doppelte Wirkung:

- Sie dokumentieren Anteilnahme und Mitgefühl.
- Und tun zugleich etwas für dessen Psyche – ganz ohne Worte.

Wirkung warmer Hände

Dazu passt auch eine andere Studie, nach der sich Menschen mit warmen Händen ihren Mitmenschen gegenüber sofort wohlwollender verhalten als Menschen mit kalten Händen. Im Wissenschaftsmagazin „Science" beschrieben die Forscher, wie Frauen, die heiße Tassen Kaffee in der Hand hielten, andere Menschen positiver beurteilten.

Ein zweites Experiment zeigte, dass die körperliche Wärme der Befragten auch ihr weiteres Verhalten beeinflusste. Die Testpersonen wurden gebeten, entweder ein kleines Geschenk für sich selbst oder einen Geschenkgutschein für einen Freund als Belohnung für die Teilnahme an dem Experiment zu wählen. Probanden mit warmen Händen entschieden sich signifikant häufiger für ein Geschenk für einen Freund. Diejenigen mit kalten Händen zogen es vor, sich selbst Geschenke zu machen.

Tipps wie Sie Ihre Körpersprache richtig nutzen

Die Körpersprache ist nicht nur äußerst vielseitig und effektiv. Es ist auch ein wichtiger Erfolgsfaktor. Es kann unbewusst und ungefiltert Emotionen und Gedanken widerspiegeln. Es kann aber auch speziell geschult und eingesetzt werden. Die folgenden Tipps helfen Ihnen dabei:

Gemeinsame Ebene finden

In diesem Fall ist dies wörtlich gemeint: Höhenunterschiede werden von beiden Seiten auch psychologisch wahrgenommen und interpretiert. Diejenigen, die von oben herabblicken, wirken überlegen oder bedrohlich und arrogant. Der Effekt mag wünschenswert sein, macht Sie aber nicht unbedingt sympathisch. Wenn Sie Bedenken äußern, wünschen oder verhandeln, ist es besser, sich mit der anderen Person auf Augenhöhe zu treffen. Aber schauen Sie auch nicht auf die Ebene von jemand anderem auf, es schwächt Ihre Position.

Ruhepol ausstrahlen

Wenn die andere Person nervös, angespannt, unruhig oder gestresst ist, spiegelt sich dies in ihrer Körpersprache wider und wird häufig an alle Anwesenden weitergegeben. Sie können diesen Effekt auch gezielt unterbrechen, indem Sie selbst zu einer Oase der Ruhe werden. Verlangsamen Sie bewusst Ihre Gesten und das Sprechtempo. Es gibt eine Verzögerung bei der Antwort - aber mit einer tiefen, selbstbewussten Stimme. Infolgedessen werden Sie nicht nur Ihre Mitmenschen beruhigen, sondern auch als besonnen, kontrolliert und bedacht wahrgenommen.

Synchronisieren der teilhabenden Körpersprachenpartner

Die Körpersprache entfaltet ihre größte Wirkung im persönlichen Dialog. Wenn Sie sich an die andere Person wenden – physisch, mit offenem Auftreten, offenem Gesichtsausdruck und voller Aufmerksamkeit – werden Sie automatisch persönlicher. Der Effekt kann verstärkt werden, indem auf die körpersprachlichen Signale der anderen Person reagiert wird. In der Fachsprache wird dies aus „Spiegeltechnik“ oder „Chamäleon-Effekt“ genannt. Durch die

Synchronisierung körperlicher Signale und Verhaltensweisen suggerieren Sie Übereinstimmungen und Gemeinsamkeiten.

Halten Sie sich an Distanzzonen

Neben Gesten, Gesichtsausdrücken und Berührungen sind auch Entfernungszonen Teil der Körpersprache und sollten respektiert werden. Das heißt: Gehen Sie nicht zu nahe an andere Personen heran, sondern halten Sie einen angemessenen Abstand ein. Eine gewisse Nähe ist nur engen Freunden, Partnern und Familienmitgliedern vorbehalten.

Die Distanzzonen im Überblick

- Intime Zone ➠ 0 bis 60 cm
- Persönliche Zone ➠ 0,60 bis 1,20 m
- Soziale Zone ➠ 1,20 bis 3,60 m
- Öffentliche Zone ➠ Mehr als 3,60 m

Interpretation der Körpersprache des Chefs

Die meisten Vorgesetzten sollten in der Lage sein, aus dem Effeff, Machtgesten und Posen zu kennen. Nicht wenige verdanken ihren Aufstieg (teilweise) diesem Talent. Trotzdem kann das Interpretieren und Entschlüsseln der Körpersprache des Chefs manchmal ein rätselhaftes Orakel sein. Es beginnt oft mit einer Vorahnung, einem unangenehmen Gefühl, dass etwas nicht stimmt: Wenn seine Körpersprache einfach nicht mit seinen Worten überein stimmt. Dies können nur Nuancen sein, die Sie zunächst unbewusst wahrnehmen. Aber Sie sehen es – und das ist ein guter Anfang. Natürlich sollte die Körpersprache niemals isoliert und überinterpretiert werden. Sie können Ihr Sensorium jedoch zumindest so trainieren, dass es positive und negative Signale frühzeitig erkennt und entsprechend reagiert. Deshalb – als Bonus – ein paar nonverbale Botschaften, die Sie bei Chefs beobachten können:

Positiv	Negativ
Er wird auf der gleichen Ebene wie Sie posieren oder physisch sitzen.	Er bleibt stehen, wenn Sie sitzen (Hierarchische Betonung).
Er hält Augenkontakt mit Ihnen (Interesse).	Er sieht Sie kaum an, blinzelt mehr als normal und seine Lippen sind dünn.
Er betritt Ihr Büro, anstatt davor zu stehen (Vertrauen).	Er verschränkt während eines Gesprächs die Arme oder stützt sie in den Hüften (Skepsis).
Er zeigt seine offenen Hände, möglicherweise sogar seine Handflächen. Die Bewegungen sind ruhig und nicht lebhaft.	Seine Hände sind unter dem Tisch oder in seinen Taschen; Die Finger sind gekreuzt oder geballt. Die Gesten sind gezackt, nervös und asymmetrisch (Misstrauen).
Er reibt sich die Hände (Zufriedenheit).	Spielt mit Stift, Brille, Handy (Ungeduld / Wut).
Er neigt seinen Kopf, wenn er mit Ihnen spricht (zuversichtlich).	Er kratzt sich beim Sprechen am Kopf oder an der Nase (ungläubig).
Er passt sich Ihrer Körpersprache an und wiederholt Gesten (Sympathie).	Er verteilt seine Dokumente vor Ihnen (Abgrenzung).
Er öffnet sein Jackett (Vertrautheit), stellt sich locker hin oder lehnt sich herüber.	Er sieht Sie über die Schulter an, dreht sich de facto von Ihnen weg und vergrößert die physische Distanz.

Die Gefahren der Interpretation der Körpersprache

Auch wenn viele Informationen in der Körpersprache enthalten sind, können wir beim Lesen und Dolmetschen falsch liegen. Eine einzelne Bewegung kann verschiedene Dinge bedeuten. Nur eine Kombination aus Gesichtsausdruck, Gesten und Haltung ergibt ein kohärentes Gesamtbild. Die richtige Beurteilung und Interpretation der Körpersprache einer anderen Person bleibt eine Herausforderung. Umso wichtiger ist es, dass Sie folgende Fehler vermeiden:

Muster erkennen und werten, statt Einzelgestiken zu isolieren

Wenn jemand beim Erzählen, die Nase berührt, kann dies ein verräterisches Zeichen für eine Lüge sein oder auch nicht. Die Person könnte es genauso gut dort nur jucken. Die individuelle Geste offenbart nichts. Erst wenn sich ähnliche körpersprachliche Signale ansammeln, werden sie zu einem Hinweis. Betrachten Sie die Körpersprache also niemals isoliert und nur auf eine Geste bezogen.

Kontext

Versuchen Sie nicht nur, nonverbale Kommunikation zu interpretieren. Betrachten Sie sie immer im Kontext: Was ist der kulturelle Hintergrund Ihres Gegenübers? Steht die Person gerade unter besonderem Druck? In welchem Zustand befindet sich die Person? Je nach Kontext kann die Körpersprache etwas anderes bedeuten.

Betriebsblindheit

Der sogenannte Halo-Effekt beschreibt einen Wahrnehmungsfehler, bei dem einzelne Merkmale einer Person eine so dominante Wirkung auf uns haben, dass sie einen überwältigenden Gesamteindruck erzeugen. Dies geschieht auch mit der Körpersprache: eine dominante Geste, ein überstrahlender Habitus - wir interpretieren die Person bereits durch eine getrübte Brille.

Rhetorik

Rhetorik – Was ist das?

Rhetorik bedeutet sprichwörtlich die Kunst des Sprechens. Sie war bereits im antiken Griechenland als Disziplin bekannt und spielte eine besonders wichtige Rolle bei den Meinungsbildungsprozessen von Athen und anderen Poleis. Die Aufgabe der Rede ist es, den Hörer von einer Aussage zu überzeugen oder eine bestimmte Handlung herbeizuführen. Als Kunst der Sprache bietet die Rhetorik die Mittel dafür; als Theorie des Glaubens analysiert es sie. In dieser Hinsicht hat Rhetorik immer eine doppelte Rolle und sollte sowohl eine Kunst als auch eine Wissenschaft sein. Einerseits geht es um die Kunst, Menschen von einem Standpunkt zu überzeugen oder sie zu einer Handlung zu bewegen, andererseits geht es um die Wissenschaft der effektiven Sprache.

Schon vor der ersten expliziten Glaubenslehre, die von Aristoteles entwickelt wurde, gab es dort die Praxis von Rhetoriklehrern und entsprechenden Handbüchern. Die Fähigkeit, Rhetorik geschickt und erfolgreich einzusetzen, wurde als so wichtig angesehen, dass das gesamte Bildungssystem (die sogenannte Paideia) der Antike darauf ausgerichtet war, einen zukünftigen Sprecher auszubilden. In dieser Hinsicht war Rhetorik nicht ein Thema neben anderen, sondern das Hauptthema, an dem sich alle anderen orientieren mussten. Das Rhetoriksystem wurde in Anlehnung an die Gerichtsrede entwickelt und in Schulen unterrichtet.

Der Begriff Rhetorik beschreibt heute sowohl die Fähigkeit, die eigenen Bedürfnisse und Absichten überzeugend darzustellen und damit das Denken und Handeln anderer zu beeinflussen, als auch deren theoretische Lehre oder Wissenschaft.

Fast jeder Kommunikationsprozess findet auf zwei Ebenen statt: einerseits auf der Inhaltsebene und andererseits auf der Beziehungsebene

Auf der inhaltlichen Ebene (rational) wird das Faktische, das objektiv Gesagte, was mit einer Sprachaufzeichnung aufgezeichnet werden könnte, normalerweise durch verbale Sprache ausgedrückt.

Das Unausgesprochene (Erwartungen, Ängste, Sympathien, usw.) wird auf Beziehungsebene kommuniziert (emotional). Das Gefühl, das zwischen Wörtern vibriert, wird normalerweise durch Verhaltenssprache ausgedrückt, seltener durch verbale Sprache, also richtige Worte.

Grundsätzlich könnte man sagen, dass das gesprochene Wort verwendet wird, um Gedanken auszudrücken. Die Körpersprache hingegen zum Ausdruck von Emotionen da ist.

Die Körpersprache umfasst Komponenten wie Bewegungen, Gesten, Gesichtsausdrücke, Körperhaltung und Aktionen, sie offenbart viel über Ihre Gedanken, Ihr inneres Funktionieren, Ihre Ängste und Wünsche.

Tatsächlich ist sie viel drastischer zu werten als das gesprochene Wort, denn von allen Informationen, die ein Mensch aus einem Gespräch entnimmt, entfallen laut Studien nur etwa 7% auf den Inhalt der Worte selbst, 38% entsprechen dem Tonfall und 55% der Körpersprache.

Einige ausgewählte Elemente der Körpersprache

- Die Körperhaltung hilft bei der Interpretation wie sicher und souverän sich jemand fühlt. So spiegelt sich Fröhlichkeit beispielsweise in einer aufrechten, offenen Haltung wider, Resignation dagegen in einer leicht gebeugten und in sich gekehrten, also optisch eher geschlossenen Haltung. Auch die *Körperbewegung* spielt bei der Gesamtinterpretation eine Rolle: Ein Oberkörper bei einem Gespräch der Ihnen zugeneigt wurde, signalisiert Aufmerksamkeit oder Teilnahmebereitschaft. Im Gegenteil dazu wird mit einem demonstrativen Zurücklehnen – möglichst noch mit vor der Brust verschränkten Armen – Desinteresse, Ablehnung bzw. Missfallen am Thema kundgetan.

- Gesichtsausdrücke sind ein sehr ausdrucksstarkes Element der Körpersprache und werden verwendet, um emotionale Zustände auszudrücken und Ihre Haltung gegenüber der anderen Person zu verdeutlichen. Es ist aber auch das Element der gesamten Körpersprache, das am besten steuerbar ist. Andererseits können individuelle Ausdrücke nicht als psychosomatische Reaktion des Nervensystems unterdrückt werden: Dies beinhaltet sowohl einen blassen Teint als auch eine Erweiterung der Pupillen mit starker emotionaler Erregung. Darüber hinaus geben die verschiedenen Gesichtsausdrücke ein ständiges Feedback zum gesprochenen Wort: Es zeigt, ob der verbale Teil verstanden wurde und ob die angesprochene Person zustimmt oder negativ oder sogar überrascht reagiert. Beispielsweise weisen horizontale Stirnfalten auf ein hohes Maß an Wachsamkeit hin.

- Die Gesten werden hauptsächlich verwendet, um den verbalen Inhalt zu unterstreichen. Je mehr Emotionen durch das gesprochene Wort angeregt werden, desto bedeutender wird es. Da die Kontrolle über Gesten begrenzt ist, drücken sie oft unbeabsichtigt emotionale Zustände aus: Fingerspiele wie das Spielen mit Objekten als Ausdruck von Nervosität oder aber das Festhalten an Objekten als Ausdruck vorsichtiger Wut sind gute Beispiele hierfür. Die Richtigkeit der mündlichen Aussage kann daher häufig durch bewusstes Beobachten der Gesten festgestellt werden.

- Der Tonfall liegt in seiner Wichtigkeit zwischen verbaler und nonverbaler Sprache und ist unerlässlich beim Interpretieren von Wörtern und Aussagen. Zum Beispiel wird der Unterschied zwischen einer Frage und einem Befehl durch das Kontrollieren des Tonfalls fast vollständig interpretiert. Das Reagieren auf den Tonfall einer Aussage kann zu einem Streit führen, insbesondere wenn eine unangemessene Intonation in Verbindung mit anderen körpersprachlichen Hinweisen gewählt wurde. Dies gilt auch dann, wenn der Inhalt des Satzes tatsächlich völlig harmlos war. Besonders in Situationen, in denen man professionell kritisieren muss, ist der Ton oft wichtiger als die Wörter, vor allem aber die Dualität von beidem. Dies kann zu ernsthaften Konflikten führen, wenn der Akzent falsch gesetzt wurde.

Die wichtigsten Elemente angewandter Körpersprache

Stehen Sie gerade

Die bekannten Sprichwörter: „Gutes Auftreten", oder „Mit beiden Beinen im Leben zu stehen", sind in diesem Zusammenhang durchaus wörtlich zu nehmen.

Verwenden Sie Arme und Hände, um Gesten hervorzuheben.

Dabei gilt zu beachten: Durch Haltung der Hände (oberhalb oder unterhalb der Gürtellinie) setzt man wichtige Signale, positiv oder negativ.

Augenkontakt halten

Dieser sollte jede/n einbeziehen und kurz, aber intensiv ausfallen. Seien Sie mit Ihren Gedanken bei Ihrer gegenwärtigen Tätigkeit und lassen Sie Ihr inneres Auge weder in die Zukunft noch in die Vergangenheit schweifen.

Selbst-Optimierung/Manipulation

an verschiedenen Themenfeldern

Im folgenden Abschlussteil dieses Buchs gehen wir auf einige Methoden ein, sich selbst zu optimieren bzw. bewusst zu manipulieren, um ein freudvolleres und zielgerichteteres Wesen zu besitzen und dieses in jegliche Handlungen mit einzubinden bzw. zu nutzen.

Hermetische Lehren und dessen 7 Gesetze

Wir leben, um durch unsere Erfahrungen zu wachsen. Das Ziel und die Grundidee des Spiels des Lebens ist es, sich optimal zu entwickeln. Wir bekommen Aufgaben aus dem Leben, die wir lösen wollen und sollten. Wenn wir eine dieser Aufgaben vermeiden, wird sie irgendwann in einer anderen Form, aber mit demselben Zweck, zu uns zurückkehren. Wenn wir zum Beispiel den Job wechseln, da wir stark gemobbt wurden, kann uns im nächsten Unternehmen etwas sehr Ähnliches passieren.

Die kosmischen Gesetze (ebenso als „hermetische Gesetze" betitelt) erklären, wie die Dualität in unserer Welt funktioniert und wirkt. Mit Mitteln des Bewusstseins oder der modernen Technologie können heutzutage physikalische Gesetze zwar überwunden werden, die kosmischen Gesetze lassen dies aber in keinem Fall zu und wirken ohne Einschränkung für jeden, ganz gleich, ob man sie kennt oder nicht. Tatsächlich ist es ein alleiniges kosmisches Prinzip, welches alle nur denkbaren

Prozesse reguliert und leitet. Zum besseren Verständnis ist dieses in sieben Gesetze unterteilt:

Das Gesetz des Geistes

Geist ist alles. Der Quell alles Lebens ist unendlicher erfinderischer Geist. Gedanken erschaffen die Realität. Jeder in Unwissenheit hat die Möglichkeiten in die Erkenntnis des Lebens einzutreten und sich das Gut der Vollkommenheit anzueignen, sowie die bewusste Schöpfung. Damit verändert sich seine Welt. Gedanken erschaffen Realitäten und ändern sie. Ihre Gedanken und Ihr Bewusstsein erschaffen Ihre Erfahrungswelt. Der entscheidende Faktor ist das Ausmaß des inneren Verlangens und der Sehnsucht. Achten Sie auf Ihre Gedanken - sie können sie genauso erschaffen, als auch wieder zerstören! Alles materiell Präsente sowie nicht Präsente oder noch Kommende, ist Energie. Der entgegengesetzte Pol zur materiellen Welt ist unser Geist. Zuvor genannte Gegenpole sind unterschiedliche Ausdrucksgrade und Bestandteile von gleichem Wirkspektrum. Vor der Entstehung von etwas muss es zunächst erst auf der mentalen Ebene existieren, sonst kann und wird es sich nicht in der Realität manifestieren.

Beispiele hierfür: Gedanken an Angst führen zu Isolation. Angstgefühle werden zu Gewalt. Unzufriedenheit führt zu Hass.

Das Gesetz von Ursache, Wirkung oder auch Karma

Jeder Ursache geht aus einer zuvor geschehenen Wirkung hervor. Jede Handlung erzeugt eine bestimmte Energie, die dadurch einhergeht, mit dieser Wirkungsstärke zum Ausgangspunkt / Produzenten zurückzukehren. Qualität und Quantität der Wirkungsweise entsprechen dabei genau seiner Ursache. Gleiches produziert Gleiches. Aktion = Reaktion. Die Ursache dabei kann ihren Ursprung auf verschiedensten Ebenen haben. Alles passiert in Einklang und der Wechselwirkung dieses Gesetzes. Jeder Mensch ist der Gestalter, Tragende sowie Eroberer seines individuellen persönlichen Schicksals.

Jeder Gedankengang, jede Emotion und auch jede Handlung ist eine Ursache, die eine Wirkung hat. Sünde, Schuld, Zufall und Glück, existieren in diesem Sinne nicht wirklich, nur geschehene Ursachen und Wirkungen, die teilweise sogar viele Jahre oder Existenzen voneinander entfernt stattgefunden haben können. Bisher wurden Glück und Zufall als Beschreibungen für dieses Gesetz verwendet, welches bis jetzt nicht anerkannt wurde. Warum haben Sie gewisse Eigenschaften? Woher kommen Ihre Verhaltensschemata? Berücksichtigen Sie den Effekt in all Ihren Gedanken, Gefühlen und Handlungen. Lassen Sie Hass, Angst und Wut los und öffnen Sie sich für bedingungsloses Vertrauen und Liebe. Sie allein sind für sich selbst verantwortlich! Der Zusammenhang zwischen jeweiligem, das mit uns passiert und dem letztendlich ausgelöstem, ist nicht immer klar, dennoch können Sie erkennen, dass ohne Ausnahmen, jedes Lebensereignis einen Grund besitzt.

Beispiele hierfür wären: Impulse werden Bewegung. Gedanken werden zu Gefühlen. Unfälle führen zu Operationen. Provokationen werden zu Eskalationen.

Das Gesetz der Entsprechung oder Analogie

Wie oben – so auch unten, wie unten – so auch oben. Wie innen – so auch außen, wie außen – so auch innen. Wie im Großen, so auch im Kleinen. Alles, was das Leben uns präsentiert, hat auch mit uns als Wirkung, zu tun. Alles, was auf der Welt präsent ist, hat auf jeder Ebene der Präsenz eine Entsprechung. So können Sie das Kleine im Großen und das Große im Kleinen sehen.

Wie sich Ihre innere Welt manifestiert, erleben Sie auch durch Ihre entsprechend erschaffene äußere Welt. Demnach ist Ihre Außenwelt ein Spiegel Ihres Wesens. Wenn Sie sich ändern, formen Sie alles um sich herum mit um. Sie sind, was Sie von anderen denken. Die Außenwelt reflektiert Ihre persönlichen Gedanken und Aktionen wieder. Selten erkennen wir diese auf den ersten Blick und können deshalb auch oft nicht verstehen, warum uns etwas passiert ist.

Wenn man zum Beispiel seinen Partner schlecht behandelt, wird dieser unglücklich und zahlt uns eventuell mit derselben Münze zurück. Dieses Zurückzahlen oder auch „Rache" üben, verbinden wir meist dann aber nicht mit unseren zuvor gewirkten Handlungen.

Das Gesetz von Resonanz

Alles, was man sendet, kommt zurück. Gleiches ruft Gleiches hervor und wird ebenso von Gleichem bestärkt. Unterschiede stoßen sich gegenseitig ab. Persönliches Verhalten bestimmt individuelle persönliche Beziehungen und allgemeine Lebensbedingungen. Angst ruft Böses hervor. Jeder, der mit Hass, Krankheit, Eifersucht usw. in Verbindung steht oder dieses häufig thematisiert, erhöht die Wahrscheinlichkeit, dass die befürchteten Dinge passieren. Sie sind das, was Sie tun. Sie ziehen alles, was Ihren täglichen Tätigkeiten, Gedanken und Gefühlen entsprechen, in Ihr Leben. Negativität zieht Dunkles an und kann Depressionen oder sogar im schlimmsten Falle Selbstmord als finale Handlung herbeiführen. Alles, was wir uns gegenüber öffnen und wo wir unsere Kraft einfließen lassen, nimmt automatisch mehr Raum in unserem Leben ein. Wenn wir etwas meiden und nicht darüber nachdenken, dann gibt es dieses auch praktisch nicht.

Beispiele hierfür sind:

- Aus Furcht wird Krankheit
- Investierungen (Orientierung) führen zu Mehrung (Geld, Unheil, usw.)
- Interesse wird zu Möglichkeiten
- Einfühlungsvermögen wird zu Sympathie

Das Gesetz von Harmonie oder Ausgleich

Harmonie ist der Quell allen Lebens. Alles wirbt und ruft nach Harmonie und Gleichgewicht. Das Schwächere wird vom Stärkeren bestimmt. Harmonische Zweisamkeit, Geben und Nehmen der Elemente sowie Kräfte, die in der Schöpfung wirken bestimmen das Leben. Durch Horten und Beharren entsteht Stau, der zu Krankheit und Tod führen kann. Das Leben ist in stetem Austausch und Bewegung. Verschiedene Effekte gleichen sich immer wieder aus, zum Zweck dessen, dass Harmonie und Gleichgewicht einkehren. Das Leben ist ein ständiges Fordern und Ergreifen. Das Universum besteht im dynamischen Gleichgewicht, Leichtigkeit sowie Harmonie als auch Liebe. Aspekte wie Geben und Nehmen sind Operatoren des kosmischen Energieflusses. Indem wir geben, wonach wir streben, lassen wir Fülle in unser Leben. Durch das Geben von Harmonie, Freude und Liebe, erschaffen wir Glück, Erfolg und Fülle, die sich in unserem Leben manifestieren.

Sie bekommen nur so viel von der Fülle des Lebens, wie Sie sich der Fülle öffnen können. Indem Sie sich dazu bewegen, allen bewussten und unbewussten Gedanken, die aus Mangel und Beschränkungen entstehen, aufzulösen oder zu trennen und neues unbegrenztes wagen, schaffen Sie Überfluss. Denjenigen, die nicht im Überfluss leben, wird dies verweigert. Akzeptieren Sie die Fülle. Werden Sie nicht auf das Leid oder der Kost anderer reich. Sie müssen für all das bezahlen, was Sie erhalten - außer, es wird Ihnen gegeben. Geben Sie auch, um zu bekommen.

Das Gesetz von Rhythmus oder der Schwingung

Alles strömt ein und wieder aus. Alles besitzt Gezeiten. Alles fällt und steigt auch wieder. Alles besteht aus Vibration und Schwingung. Das Ende ist bereits in jeden Anfang, ebenso wie in jedes Ende ein neuer Anfang eingepflanzt ist. Nichts hört auf - alles schreitet voran. Das Schwingen des Pendels reflektiert sich in jeder Sache. Das Maß des Schwungs nach rechts stimmt mit dem Maß des Schwungs nach links überein. Der Rhythmus ist ausgeglichen. Nichts verbleibt, wie es war. Überwinden Sie Starrheit und integrieren Sie Mut zum flexiblen. Alles, was untätig ist, wird zerbrechen. Alles ändert sich ständig. Ganzheit fließt. Jeder kann nur in begrenztem Umfang etwas festhalten, nach gewisser Zeit muss jeder etwas loslassen.

Beispiele hierfür sind: • Der Flug zum Mond • Beginn <> Ende • Sommer <> Winter • Geburt <> Tod • Das einatmen <> wieder ausatmen.

Das Gesetz von Polarität und Geschlechtlichkeit

Alles hat Pole. Alles hat auch Gegensätze. Gegensätze existieren im Wesentlichen identisch, sie haben nur entgegengesetzte Pole und unterschiedliche

Schwingungsebenen. Jegliche Wahrheit ist auch Halbwahrheit. Jeder Wiederspruch sollte behoben werden und in der Mitte jeglicher Dinge enden. Sie sollten nicht beurteilen oder werten. Bestätigen Sie auch die gegenteilige Meinung. Alle Menschen haben in ihrer eigenen Sichtweise recht. Geschlechtlichkeit ist in allem. Alles an Polarität ist gleichzeitig einheitlich vorhanden. Leben Sie Ihre positiven und negativen Aspekte gleichermaßen aus. Seien Sie ausgeglichen. Seien Sie im Gleichgewicht.

Alles befindet sich auf der gleichen Skala. Immer in Bewegung zwischen beiden Extremen oder Polen. Diese offensichtlichen Gegensätze sind voneinander abhängig und untrennbar miteinander verbunden.

Beispiele hierfür sind: • kalt <> heiß • Krankheit <> gesund sein • weiblich <> männlich • Angst <> Liebe.

Meditation

Meditation: Was und Warum

Meditation ist ein Geistestraining, welches hilft, die notwendigen Stärken und Fähigkeiten zu entwickeln, die man benötigt, um seine eigenen Probleme zu lösen. So wie es verschiedene Heilmittel für verschiedene körperliche Beschwerden gibt, gibt es geeignete Formen der Meditation für verschiedene Probleme des Geistes.

Die in diesem Buch gelehrte Meditationstechnik wird verwendet, um die grundlegendsten Probleme des Geistes zu lösen: die Arten von Stress und Leiden, die durch unsere eigenen Gedanken und Handlungen verursacht werden. Obwohl der Geist ständig nach Glück strebt, schafft er es immer, sich durch mentale Schmerzen herunterzuziehen. Und es ist tatsächlich das falsche Streben nach Glück, das für diesen Schmerz verantwortlich ist. Die hier vorgestellte Meditation hilft, die Gründe für dieses mentale Verhalten aufzudecken und es dadurch zu heilen. Durch diese Heilung gibt Ihnen Meditation die Möglichkeit, wahres Glück zu erfahren, Glück, dem Sie vertrauen können und das Sie niemals ändern oder im Stich lassen wird.

Dies ist die gute Nachricht der Meditation: Wahres Glück ist möglich und Sie können es durch Ihre Anstrengungen erreichen. Sie müssen sich nicht mit einem Vergnügen zufrieden geben, das Sie irgendwann verlassen wird. Sie müssen sich nicht damit abfinden, dass vorübergehendes Glück alles ist, was das Leben zu bieten hat. Sie müssen Ihre Hoffnungen auf Glück auch nicht auf jemanden oder Macht außerhalb von Ihnen stützen. Sie können Ihren Geist trainieren, um absolut verlässliches Glück zu finden, Glück, das Ihnen oder anderen nicht schadet.

Darüber hinaus ist das Ziel der Meditation nicht nur ein gutes, sondern auch das Mittel, um es zu erreichen. Es gibt Verhaltensweisen und mentale Qualitäten, auf die Sie stolz sein können: Dinge wie Ehrlichkeit, Integrität, Mitgefühl, Achtsamkeit und Unterscheidungsvermögen.

Weil echtes Glück von innen kommt, besteht keine Notwendigkeit, es außerhalb von Ihnen zu suchen. Ihr eigenes wahres Glück widerspricht nicht dem Glück aller anderen Wesen auf dieser Welt. Und wenn Sie wahres Glück in sich selbst finden, müssen Sie mehr mit anderen teilen.

Deshalb ist Meditationspraxis ein Akt der Freundlichkeit gegenüber anderen und sich selbst. Wenn Sie mit dem Problem von Stress und Leiden konfrontiert sind, werden Sie am unmittelbarsten davon profitieren. Aber Sie sind nicht alleine. Aus diesem Grund schwächen Sie sich, wenn Sie Stress und Leiden für sich selbst erzeugen. Sie belasten nicht nur sich selbst, sondern auch Ihre Mitmenschen: Weil beide von dieser Last der Hilfe und Unterstützung abhängen und auch weil beide durch die hastigen Dinge, die Sie aus Schwäche oder Angst tun oder sagen, beschädigt werden.

Gleichzeitig können Sie im Laufe der Zeit anderen nicht helfen, da Sie mit Ihren eigenen Problemen beschäftigt sind. Wenn Ihr Geist jedoch lernen kann, Stress und Leiden loszuwerden, sind Sie für andere weniger stressig und können besser helfen.

Meditationspraxis lehrt Sie also, die Dinge zu respektieren, die Respekt verdienen: Ihr Wunsch nach wahrem Glück, das absolut zuverlässig und sicher ist, und Ihre Fähigkeit, dieses Glück selbst zu finden.

Es erfordert viel Entschlossenheit, Übung und Geschick, um den vom Geist erzeugten Prozess des Leidens vollständig zu beenden. Die in diesem Buch gezeigte Meditationstechnik wird nur Menschen offenbart, die bereit sind, ihr zu folgen, bis die Wunden vollständig geheilt sind.

Selbst wenn Sie nur Hilfe beim Umgang mit akuten Schmerzen benötigen oder etwas mehr Ruhe und Stabilität in

Ihrem Leben finden möchten, kann Meditation Ihnen viel bieten. Sie können den Geist stärken, um alltägliche Probleme besser bewältigen zu können, da sie Eigenschaften wie Achtsamkeit, Wachsamkeit, Konzentration und Unterscheidungsvermögen entwickeln können. Diese sind bei allen Aktivitäten zu Hause, bei der Arbeit oder wo immer Sie nützlich. Die Eigenschaften sind auch nützlich, um größere und schwierigere Probleme im Leben zu bewältigen. Zum Beispiel sind Sucht, Trauma, Verlust, Enttäuschung, Krankheit, Altern und sogar Tod viel einfacher zu bewältigen, wenn der Geist die Eigenschaften entwickelt hat, die durch Meditation gefördert wurden.

Auch wenn Sie nicht den ganzen Weg bis zur vollkommenen Freiheit von allem Leiden schaffen, kann Ihnen die Meditation dabei helfen, mit Ihren Leiden geschickter umzugehen, indem Sie sich und Ihre Mitmenschen weniger Schaden zufügen. Dies ist an sich schon eine lohnenswerte Investition Ihrer Zeit. Sollten Sie sich entscheiden, sich intensiver mit Meditation zu beschäftigen um zu entdecken, ob sie wirklich zur vollkommenen Freiheit führt, umso besser.

Sich auf die Meditation vorbereiten

Meditation kann in jeglicher Situation und in jeder Position geübt werden. Dennoch fördern einige Situationen das Zur-

Ruhe-Kommen des Geistes mehr als andere, insbesondere, wenn man mit dem Meditieren erst beginnt. Dann ist es ratsamer, Situationen zu suchen, in denen es so wenig körperliche und geistige Störung wie möglich gibt.

Zudem gibt es einige Positionen, die das Zur-Ruhe-Kommen des Geistes mehr begünstigen als andere. Die Standardposition für die Meditation ist das Sitzen, und es ist ratsam, eine Sitzposition zu lernen, die es einem erlaubt, für längere Zeit unbeweglich zu sitzen und dem Körper nicht zu schädigen. Andere Standard- Meditationsformen sind die Gehmeditation, das Meditieren im Stehen und im Liegen.

Wir konzentrieren uns hier zunächst auf das Meditieren im Sitzen.

Bevor Sie sich zur Atemmeditation hinsetzen, ist es ratsam, auf folgenden drei Dinge (in dieser Reihenfolge) zu achten: Ihre körperlicher Situation, Ihre Position und Ihre geistige Situation, d. h. Ihren Geisteszustand.

Ihre körperliche Situation

Wo meditieren?

Suchen Sie sich zuhause oder in der Natur einen ruhigen Ort. Für eine tägliche Meditationsroutine ist es ratsam, sich einen Ort auszuwählen, der normalerweise nicht zu anderen

Zwecken benutzt wird. Machen Sie sich klar, dass das einzige, das Sie an diesem Ort tun werden, meditieren ist. Jedes Mal, wenn Sie dort meditieren, werden Sie mit diesem Ort Ruhe assoziieren. Er wird zu Ihrem besonderen Ort um zur Ruhe zu kommen und still zu werden. Um diesen Ort noch beruhigender zu machen, sorgen Sie dafür, dass es um ihn herum ordentlich und sauber ist.

Wann meditieren?

Wählen Sie einen guten Zeitpunkt zum Meditieren. Früh am Morgen, direkt nach dem Aufwachen, nach dem Waschen Ihres Gesichts, ist oft die beste Zeit, da Ihr Körper ausgeruht ist und Ihr Geist noch nicht überfüllt ist mit den Problemen des Tages. Abends, nachdem Sie sich von der Arbeit ausgeruht haben, ist auch eine gute Zeit. Eher *ungeeignet* ist die Zeit vor dem Schlafengehen, denn der Geist wird sich ständig sagen: „Sobald die Meditation zu Ende ist, werde ich zu Bett gehen". Sie werden anfangen, Meditation mit Schlaf zu verbinden, und - wie die Thailänder sagen - Ihr Geist wird sich bemühen, Kissen zu finden sobald Sie die Augen schließen. Wenn Sie Probleme beim Einschlafen haben, sollten Sie auf jeden Fall im Bett meditieren, da Meditation ein nützlicher Einstieg zum Schlafen ist..

Oft kann sie erfrischender sein als Schlaf, denn die Meditation kann körperliche und geistige Spannungen besser abbauen als der Schlaf. Durch sie können Sie auch soweit zur

Ruhe kommen, dass Sie durch Sorgen nicht Ihrer Energie beraubt oder wach gehalten werden. Sorgen Sie aber auch dafür, dass Sie eine weitere Zeit am Tag für die Meditation einplanen, damit Sie nicht immer Meditation mit Schlaf assoziieren. Sie entwickeln die Meditationspraxis auch als eine Übung im Wachbleiben.

Im Allgemeinen ist es auch nicht ratsam, Ihre reguläre Meditationssitzung unmittelbar nach einem opulenten Mahl zu beginnen. Nach dem Essen lenkt Ihr Körper sein ganzes Blut in das Verdauungssystem, und das wird Sie ebenfalls schläfrig machen.

Minimieren Sie Störungen

Wenn Sie mit anderen Menschen zusammenleben, sagen Sie diesen, dass Sie während Ihrer Meditation nicht gestört werden wollen, es sei denn, ein ernster Notfall tritt ein. Sie nehmen sich eine Auszeit, um ein Mensch zu werden, mit dem es sich leichter leben lässt. Wenn Sie zu Hause der einzige Erwachsene sind, der mit Kindern lebt, die jede Situation für einen ernsten Notfall halten, wählen Sie sich eine Uhrzeit, wenn die Kinder schlafen. Wenn Sie mit älteren Kindern zusammenleben, machen Sie ihnen klar, dass Sie für eine bestimmte Zeit meditieren wollen und während dieser Zeit Ihre Privatsphäre brauchen. Falls sie Sie stören sollten, ohne dass ein Notfall vorliegt, sagen Sie ihnen in aller Ruhe, dass Sie noch meditieren und dass Sie mit ihnen sprechen werden, wenn Sie fertig sind. Falls Ihre Kinder mit Ihnen meditieren möchten, sollten Sie das begrüßen, jedoch einige Regeln für Ihr Verhalten aufstellen, sodass Ihre Ruhe während der Meditation nicht gestört wird.

Stellen Sie Ihr Handy und andere Geräte aus, von denen Ihre Meditation gestört werden könnte. Verwenden Sie eine Uhr oder Armbanduhr mit einem Timer, um Ihre Meditationsdauer festzulegen. Gewöhnlich reichen am Anfang 20 Minuten, denn diese Zeit ist lang genug, um etwas zur Ruhe zu kommen und nicht zu lang, um in Langeweile zu verfallen oder frustriert zu sein, wenn es nicht so gut läuft. Mit zunehmender Routine in der Meditation können Sie die Meditationsdauer allmählich um 5 oder 10 Minuten verlängern.

Sobald Sie Ihre Meditationsuhr gestellt haben, stellen Sie sie hinter sich oder so hin, dass Sie sie während Ihrer Meditation nicht sehen können. So kommen Sie nicht auf die Idee, nach der Uhr zu schauen und Ihre Meditationsrunde artet nicht zu einer Zeit-Beobachtungs-Übung aus.

Wenn Sie zu Hause einen Hund haben, achten Sie darauf, dass dieser vor ihrer Meditation genügend ausgelastet wurde, gefressen hat und müde ist. Sollte er Sie nicht in Ruhe meditieren lassen, bringen Sie ihn in ein anderes Zimmer und schließen die Tür. Es ist wichtig, dass Ihr Hund es kennt, von

Ihnen räumlich getrennt zu sein, ansonsten ist es wichtig, dies zuerst zu üben. Oder geben Sie ihm gegebenenfalls eine Kauplatte oder eine andere Beschäftigung. Es kann auch helfen, ihm einen Platz zuzuteilen, auf dem er die Zeit verbringt, während Sie meditieren.

Die meisten Hunde lernen nach einigen Tagen, dass Sie, wenn Sie mit geschlossenen Augen dasitzen, Sie ihn Ruhe zu lassen. Der Hund wird sich vielleicht dann neben Sie legen und sich bei Ihnen ausruhen. Falls der Hund ihr Wunsch nach Ruhe nicht versteht, dann bringen Sie ihn in ein anderes Zimmer.

Gewöhnlich sind Katzen in dieser Beziehung weniger problematisch, falls Sie aber eine aufmerksamkeitsverwöhnte Katze haben, sollten Sie die für den Hund beschriebenen Maßnahmen auch bei ihr anwenden.

Ihre Körperhaltung

Ein wichtiger Teil des Geistestrainings besteht darin, dem Körper beizubringen, vollkommen ruhig zu sein, sodass Sie sich auf die Bewegungen des Geistes konzentrieren können, ohne durch die Bewegung des Körpers gestört zu werden. Wenn Sie nicht daran gewöhnt sind, längere Zeit zu sitzen, dann wird das Training des Körpers mit dem Geistestraining einhergehen.

Falls Sie noch neu sind bei der Meditation, ist es ratsam, während der ersten Sitzperioden nicht zu sehr auf die

Körperhaltung zu achten. Auf diese Weise können Sie dem Geistestraining volle Aufmerksamkeit schenken und den Prozess des körperlichen Trainings so lange aufschieben, bis Sie bei der Konzentration auf dem Atem schon etwas Erfolg hatten.

Anfänger sollten also bequem sitzen, sich und anderen Gedanken des Wohlwollens – dem Wunsch nach wahrem Glück – zukommen lassen, und dann den Schritten aus der unten folgenden Anleitung *Sich auf den Atem zu konzentrieren* folgen. Sollte Ihre Position unbequem werden, dann dürfen Sie Ihre Position leicht verändern, um Ihren Schmerzen entgegenzuwirken. Versuchen Sie sich aber weiterhin auf den Atem zu konzentrieren, während Sie Ihre Position verändern. Wenn Sie nach einer Weile bereit sind, sich auf Ihre Position zu fokussieren, können Sie folgendes versuchen:

Auf dem Fußboden sitzen. Eine ideale Position ist, mit gekreuzten Beinen auf dem Fußboden zu sitzen, höchstens noch mit einer daruntergelegten und gefalteten Decke. Diese platzieren Sie nur unter Ihren Steißbein und den gekreuzten Beinen.

Hierbei handelt es sich um eine klassische Meditationshaltung, und zwar aus zwei Gründen: Zum einen ist diese Position stabil. Es ist so kaum möglich, vorn überzufallen, auch wenn Ihre Körperempfindungen während tieferer Stadien der Meditation durch ein Gefühl von Raum oder reinem Wissen weichen. Zum anderen können Sie, wenn Sie sich an diese Meditationshaltung gewöhnt haben, überall sitzen und meditieren.

Sie können nach draußen in den Wald gehen, eine kleine Matte auslegen, sich hinsetzen und los geht's. Sie müssen nicht lauter Kissen oder anderes Brimborium mit sich herumschleppen. Gewöhnlich wird diese Position folgendermaßen beschrieben:

- Setzen Sie sich auf den Boden oder Ihre gefaltete Decke und ziehen den linken Unterschenkel zu sich heran. Den rechten Unterschenkel ziehen sie auch an sich heran und legen ihn auf Ihren rechten Oberschenkel. Legen Sie Ihre Hände mit den Handflächen nach oben auf Ihren Schoß; die rechte Hand liegt auf der linken. (Um ein Ungleichgewicht in Ihrer Wirbelsäule zu vermeiden, können Sie diese Haltung hin und wieder wechseln, indem Sie Ihren linken Unterschenkel auf den rechten Oberschenkel und ihre linke Hand in die rechte legen.)
- Platzieren Sie Ihre Hände nahe am Unterbauch. So kann Ihr Rücken gerade bleiben und Sie minimieren die Neigung, nach vorn über zu kippen.

- Sitzen Sie gerade, schauen Sie geradeaus und schließen Sie dann Ihre Augen. Sollten Sie sich bei geschlossenen Augen unwohl fühlen oder schläfrig werden, können Sie sie halb offen lassen, dann aber nicht geradeaus schauen, sondern Ihren Blick auf einen Punkt vor Ihnen auf dem Fußboden richten, der ca. einen Meter entfernt ist. Halten Sie Ihren Blick sanft und lassen Sie ihn nicht in starren übergehen.

- Achten Sie darauf, wenn sich Ihr Körper nach rechts oder links neigt. Ist dies der Fall, dann entspannen Sie die Muskeln, die ihn in diese Richtung ziehen, um Ihre Wirbelsäule wieder gerade auszurichten.

- Ziehen Sie Ihre Schultern leicht nach hinten und dann nach unten, sodass zwischen Ihrer Mitte und dem unteren Rücken ein kleiner Bogen entsteht. Ziehen Sie Ihren Bauch etwas ein, sodass die Rückenmuskeln nicht die ganze Arbeit allein verrichten müssen, um Sie aufrecht zu halten.

- Entspannen Sie in diese Haltung hinein. Mit anderen Worten, versuchen Sie, soviel Muskeln wie möglich in Rumpf, Hüfte usw. zu entspannen und dennoch aufgerichtet zu bleiben. Dieser Schritt ist wichtig, denn er hilft Ihnen, mit einem Minimum an Belastung in der Position zu verweilen.

Diese Meditationshaltung nennt man *halber Lotus*, weil nur ein Bein auf dem anderen liegt. In der vollen Lotus-Haltung legen Sie Ihr rechtes Bein auf den linken Oberschenkel und Ihr linkes Bein auf den rechten Oberschenkel. Diese Haltung ist extrem stabil, vorausgesetzt, Sie sind in der Lage, diese einzunehmen. Versuchen Sie sie jedoch nicht, solange Sie die Halblotus-Position nicht beherrschen.

Wenn Sie nicht an die Halblotus-Position gewöhnt sind, werden Sie am Anfang bemerken, dass Ihre Beine schnell einschlafen. Dies liegt daran, dass das Blut, welches normalerweise durch die Hauptarterien fließt, in die kleinen Kapillaren gepresst wird. Dies kann zunächst unangenehm sein, machen Sie sich jedoch keine Sorgen. Sie führen dem Körper keinen Schaden zu, denn er kann sich anpassen.

Wenn die kleinen Kapillaren oft genug eine erhöhte Menge an Blut transportieren, werden sie sich erweitern und Ihr Kreislauf wird umgeleitet, um sich der neuen Position anzupassen.

Der Trick bei *allen* Meditationspositionen ist, dass Sie sich allmählich daran gewöhnen. Sich am Anfang schon anzutreiben, mehrere Stunden zu sitzen, ist nicht ratsam, denn dann könnten Sie Ihre Knie schädigen. Wenn Sie eine/n gute/n Yoga- Lehrer/in kennen, bitten Sie sie/ ihn, Ihnen einige Yoga-Übungen zu empfehlen, die helfen, Ihre Beine und Hüften beweglicher zu machen. Wenn Sie diese Übungen vor der Meditation machen, können Sie die Anpassung des Körpers an die Sitzposition beschleunigen.

Eine andere Art, als mit gekreuzten Beinen im Halblotussitz zu sitzen, ist der etwas sanftere *Schneidersitz*: Schlagen Sie Ihre Beine ein, aber legen Sie nicht das rechte Bein auf das linke. Legen Sie es vor dem linken Bein auf den Fußboden, sodass Ihr rechtes Knie einen bequemeren Winkel einnimmt und das linke Bein nicht vom rechten heruntergedrückt wird. Dadurch werden beide Beine etwas entlastet.

Der Zustand Ihres Geistes

Sobald Ihr Körper die Position eingenommen hat, atmen Sie ein paar Mal tief ein und wider aus. Dann beobachten Sie Ihren Geisteszustand. Verweilt er beim Atem oder wird er ständig von einer bestimmten Stimmung gestört? Wenn Sie beim Atem sind, dann fahren Sie fort. Sollten sich einige der Komiteemitglieder Ihres Geistes weniger kooperativ verhalten, mobilisieren Sie andere Mitglieder, um diese zu bekämpfen.

Hierbei ist wichtig, dass Sie sich nicht von einer vorübergehenden Stimmung diktieren lassen, ob Sie meditieren sollen oder nicht. Denken Sie daran: eine schlechte Meditationssitzung ist besser als überhaupt keine. Immerhin lernen Sie, die nicht geschickten Komiteemitgliedern Ihres Geistes zu widerstehen – zumindest ein wenig. Und nur durch Ihren Widerstand lernen Sie sie zu verstehen, zum Beispiel so wie man durch das Bauen eines Staudammes an einem Fluss erfahren kann, wie stark die Strömung des Flusses ist.

Sollten einige Ihrer Komiteemitglieder stören, können Sie sie mit einigen Standard-Kontemplationen bekämpfen. Mithilfe diesen Kontemplationen kann man die üblichen Erzählungen des Geistes unterbrechen und neue Komiteemitglieder mit neuen Geschichten erzeugen. Diese helfen, die Dinge ins richtige Licht zu rücken, damit man bereiter ist, beim Atem zu bleiben wo Sie etwas bewirken können. So versuchen Sie, Ihren Geist gegenüber den Dingen ins Lot zu bringen, die Sie nicht kontrollieren können, weg vom Einfluss Ihrer Vorlieben und Abneigungen.

Mit dieser Übung können Sie Wohlwollen und Gleichmut entwickeln

Erinnern Sie sich, was Wohlwollen ist – ein Wunsch nach wahrem Glück – und dass Sie mit dem Ausstrahlen von Gedanken des Wohlwollens sich und allen anderen wünschen, dass sich die *Ursachen* für wahres Glück entwickeln. Ebenso entwickeln Sie die Absicht, wahres Glück auf jede erdenkliche Weise – in Ihrem eigenen Geist und im Umgang mit anderen – zu verbreiten. Natürlich wird sich nicht jeder in Übereinstimmung mit Ihrem Wunsch verhalten. Deshalb ist es so wichtig, auch Gleichmut zu entfalten, um Situationen mit einzuschließen, in denen Menschen sich weigern, im Interesse von wahrem Glück zu handeln. Auf diese Weise werden Sie nicht so sehr leiden, wenn sich Menschen nicht geschickt verhalten und Sie können sich weiterhin auf die Fälle konzentrieren, wo Sie helfen *können*.

Beim Aussenden von Wohlwollen beginnen Sie zuerst bei sich selbst und verwenden eine traditionelle Formel, die Sie in Ihrem Geist aufsagen: *„Möge ich glücklich sein. Möge ich frei von Stress und Schmerzen sein. Möge ich frei von Feindschaft, Schwierigkeiten und von Bedrängnis sein. Möge ich mit Leichtigkeit für mich sorgen.“* Dann strahlen sie ähnliche Gedanken in zunehmendem Umfang an alle anderen Wesen aus: Menschen, die Ihnen nahe stehen, Menschen, die Sie mögen, Menschen, gegenüber denen Sie weder Zuneigung noch Abneigung hegen, Menschen, die Sie nicht mögen, Menschen, die Ihnen völlig unbekannt sind – und nicht nur Menschen: Alle Wesen, in allen Lebenssituationen. Jedes Mal sagen Sie sich: *„Mögest du glücklich sein. Mögest du frei von Stress und Schmerzen sein. Mögest du frei von Feindschaft,*

Schwierigkeiten und von Bedrängnis sein. Mögest du mit Leichtigkeit für dich sorgen.“ Stellen Sie sich vor, wie Sie diesen Wunsch in alle Himmelsrichtungen grenzenlos ausstrahlen. Dies lässt den Geist weit werden.

Um dies zu einer Praxis zu machen, die Ihr Herz verändert, fragen Sie sich – sobald Sie sich darin sicher fühlen, Wohlwollen an sich selbst auszustrahlen – ob es jemanden gibt, bei dem es Ihnen schwerfällt, aufrichtige Gedanken des Wohlwollens zu senden. Sobald Ihnen eine bestimmte Person einfällt, fragen Sie sich: „Was wäre durch das Leiden dieser Person gewonnen?“ Die in dieser Welt herrschende Grausamkeit geht meistens von Menschen aus, die leiden und ängstlich sind. Nur selten reagieren Menschen, die sich nicht geschickt verhalten haben, auf geschickte Weise auf ihr Leiden und ändern ihr Verhalten. Nur zu oft tun sie genau das Gegenteil: Sie lechzen danach, andere nur noch mehr leiden zu lassen. Wenn wir alle einfach nur dem Pfad zum wahren Glück folgen würden, wenn wir großzügig und tugendsam wären und den Geist trainieren würden, wäre die Welt ein besserer Ort.

Mit diesen Gedanken im Geist versuchen Sie, Ihrem Gegenüber Wohlwollen zum Ausdruck zu bringen: *„Mögest du erkennen, dass dein Verhalten fehlerhaft ist, den Weg zum wahren Glück kennen lernen und mit Leichtigkeit für dich sorgen.*“ Indem Sie diesen Gedanken zum Ausdruck bringen, wünschen Sie nicht unbedingt dieser Person Liebe oder die Fortsetzung einer Beziehung mit ihr. Sie fassen lediglich den Entschluss, gegenüber jenen, die sich schädlich verhalten oder die Sie verletzt haben, keine Rachegefühle zu hegen. Dies ist ein Geschenk, das Sie sich und Ihren Mitmenschen geben.

Beenden Sie diese Übung, indem Sie eine Geisteshaltung des Gleichmuts entfalten. Machen Sie sich bewusst, dass alle Wesen entsprechend ihrer Taten entweder Glück oder Leiden erfahren. In vielen Fällen entzieht sich ihr Verhalten unserem Einfluss, und unsere eigenen Taten können nicht gelöscht werden. In den Fällen, wo das Ausstrahlen unseres Wohlwollens für alle Wesen durch die Art und Schwere dieser Taten behindert wird, müssen wir lernen, diese Tatsache mit Gleichmut zu akzeptieren. Auf diese Weise können Sie sich auf Bereiche konzentrieren, die Sie durch Ihr gegenwärtiges Verhalten ändern können. Aus diesem Grund dreht sich die traditionelle Formel für Gleichmut um das Thema des Handelns: *„Alle Wesen sind Eigner ihrer Taten, Erbe ihrer Taten, sind durch ihre Taten geboren, mit ihren Taten verbunden und leben abhängig von ihren Taten. Was immer sie tun – Gutes oder Schlechtes – werden sie zum Erbe haben.“*

Diese Gedanken helfen Ihnen, sich nicht über etwas aufzuregen, das Sie nicht ändern können und die Energie Ihres Wohlwollens dem zu widmen, was Sie ändern können.

Sollte es im Augenblick einfach zu schwierig für Sie sein, bestimmten Menschen Wohlwollen zu wünschen, könnten Sie stattdessen Gedanken des Mitgefühls entfalten. Sich vorzustellen und zu beobachten, wie *sie* leiden, kann Ihre Haltung ihnen gegenüber sanfter werden lassen und Sie verstehen lassen, warum sie so handeln. Sollte auch diese Herangehensweise zu schwierig für Sie sein, können Sie direkt Gedanken des Gleichmuts über sie entfalten. Mit anderen Worten: Erinnern Sie sich, dass Sie mit niemand abrechnen müssen. Sie sind besser dran, wenn Sie sich vom Teufelskreis der Rache befreien. Das Prinzip der Ursache und Wirkungen wird sich darum kümmern.

Genau dieser Gedanke kann dem Geist etwas Raum verschaffen, um zur Ruhe zu kommen und sich zu etwas zu konzentrieren.

Indem Sie gegenüber allen Wesen Gedanken des Wohlwollens und des Gleichmutes entfalten, ziehen Sie Ihren Geist aus seinen Alltagsgeschichten heraus und schaffen eine umfassendere Perspektive für Ihre Meditation. Am einfachsten ist es, den Geist hier und jetzt in den gegenwärtigen Augenblick zur Ruhe kommen zu lassen, wenn Sie einige Momente über das Universum als Ganzes nachdenken. Wenn Sie sich bewusst machen, dass alle Wesen Glück suchen – manche mit Erfolg, die meisten eher nicht – dann sehen Sie

Ihre eigene Suche nach Glück aus einem anderen Blickwinkel. Sie wollen es richtig machen.

Es gibt noch andere Kontemplationen, um bestimmte nicht geschickte Stimmungen, die Ihre Meditation beeinträchtigen könnten, entgegenzuwirken, wie die Kontemplation über die eigene Großzügigkeit und Tugend, wenn Ihr Selbstbewusstsein geschwächt ist oder die Kontemplation über den Tod, wenn Sie träge und faul sind, oder die Kontemplation über die unattraktiven Bestandteile des Körpers, wenn Sie von sexuellem Begehren überwältigt sind.

Sich auf den Atem fokussieren

Nun sind Sie bereit, sich auf den Atem zu fokussieren. Dafür zählen wir im folgenden sechs Schritte auf:

Finden Sie eine bequeme Art zu atmen.

Beginnen Sie, indem Sie ein paar Mal tief ein- und ausatmen. Dies hilft, den Körper für die Meditation zu energetisieren und ermöglicht es, den Atem leichter zu beobachten. Zu Beginn der Meditation tief zu atmen, ist eine gute Gewohnheit, die man auch dann noch beibehalten kann, wenn man schon etwas Erfahrung in der Praxis gewonnen hat. Denn es wirkt der

Tendenz entgegen, den Atem zu unterdrücken, beim Versuch, den Geist zu beruhigen.

Beobachten Sie, wo die Empfindungen des Atmens im Körper gespürt werden.

Die Empfindungen, die Ihnen mitteilen: „Jetzt wird eingeatmet. Nun wird ausgeatmet." Achten Sie darauf, ob sie angenehm sind. Empfinden Sie Ihren Atem als angenehm, dann lassen Sie ihn so. Empfinden Sie Ihren Atem als unangenehm, ändern Sie den Atem so, dass er angenehmer wird. Sie haben drei Möglichkeiten, dies zu tun:

Während Sie mit dem tiefen und langen Atmen fortfahren, achten Sie darauf, wo sich gegen Ende des Einatmens im Körper ein Gefühl von Spannung oder Druck entwickelt oder wo es gegen Ende des Ausatmens eine Art Auspressen des Atems gibt. Fragen Sie sich, ob Sie jene Empfindungen mit dem nächsten Atemzug entspannen können, während Sie den Atemrhythmus beibehalten. Anders ausgedrückt, Sie können in den Bereichen, in denen Sie gegen Ende der Einatmung Druck verspürt haben, ein Gefühl von Entspannung aufbauen. Gelingt es Ihnen genauso auszuatmen, ohne zu pressen? Wenn es Ihnen gelingt, dann halten Sie diesen Atemrhythmus.

Versuchen Sie, den Rhythmus und die Struktur des Atems zu verändern. Experimentieren Sie mit verschiedenen Arten des Atmens und beobachten Sie, wie es sich anfühlt. Sie können den Atem verkürzen oder verlängern. Sie können versuchen, kurz einzuatmen und lang auszuatmen, oder lang einzuatmen und kurz auszuatmen. Sie können versuchen, schneller oder langsamer, tiefer oder flacher, schwerer oder leichter, breiter oder enger zu atmen. Wenn Sie einen Rhythmus gefunden haben, der sich gut anfühlt, dann behalten Sie ihn so lange bei, wie er sich gut anfühlt. Wenn er sich nach einer Weile nicht mehr gut anfühlt, dann passen Sie den Atem erneut an.

Fragen Sie sich jedes Mal, wenn Sie einatmen: „Welche Art der Atmung würde sich im Augenblick besonders angenehm anfühlen? “ Achten Sie darauf, wie Ihr Körper reagiert.

Bleiben Sie bei jedem Ein- und Ausatmen

Sollte Ihre Aufmerksamkeit woandershin wandern, dann bringen Sie sie zurück zum Atem. Wenn Ihre Aufmerksamkeit wieder vom Kurs abkommt, bringen Sie sie erneut zurück. Und wenn sie 100 Mal abgelenkt werden, bringen Sie sie 100 Mal wieder zurück. Lassen Sie sich nicht entmutigen.

Regen Sie sich nicht über sich auf. Belohnen Sie sich immer dann mit einem besonders schönen Atemzug, wenn Sie zurückkommen. Auf diese Weise wird der Geist positive Assoziationen mit dem Atem aufbauen. So wird es Ihnen leichter fallen, beim Atem zu bleiben und beim nächsten Abgleiten wieder schnell zurückkommen.

Werden Sie von Gedanken, die sich darum drehen, wie viele Atemzüge Sie denn noch fokussieren werden müssen, entmutigt, sagen Sie sich bei jedem Atemzug: „Nur diese eine Einatmung; nur diese eine Ausatmung." Die Aufgabe, beim Atem zu bleiben, wird leichter zu bewältigen und Ihre Gedanken werden exakter auf den gegenwärtigen Augenblick fokussiert sein.

Wenn Sie wollen, können Sie auch ein Meditationswort verwenden, um Ihre Aufmerksamkeit an den Atem zu legen. *Buddho* („erwacht") ist ein oft verwendetes Wort. Denken Sie beim Einatmen *bud* und *dho* beim Ausatmen. Sie können aber auch einfach nur *ein* und *aus* denken. Passen Sie das Wort der jeweiligen Länge des Atems an. Wenn sie glauben, dass Sie leichter beim Atem verweilen können, lassen Sie das Wort fallen, um den Atem klarer beobachten zu können.

Wenn die offensichtlichen Empfindungen des Atems angenehm sind, weiten Sie Ihr Gewahrsein auf verschiedene Bereiche Ihres Körpers aus, um die subtileren Atemempfindungen zu beobachten.

Sie können dies auf jeder Ebene und in jeder Reihenfolge tun, die zu Ihnen passt. Am Anfang sollten Sie jedoch versuchen, systematisch vorzugehen, damit Sie auf jeden Bereich des Körpers gezielt eingehen können. Wenn Ihre Empfindlichkeit gegenüber Ihrem Körper automatischer geworden ist, werden Sie sehr schnell spüren, welche Bereiche des Körpers die meiste Aufmerksamkeit benötigen und dann Ihre Aufmerksamkeit auf sie richten. Wie gesagt, es ist gut, am Anfang klare und verständliche Anweisungen im Kopf zu haben.

Eine Wegbeschreibung könnte wie folgt sein:

- Beginnen Sie mit dem Bereich rund um den Bauchnabel. Erspüren Sie diesen Bereich mit Ihrem Gewahrsein und beobachten ihn eine Weile während Sie ein- und ausatmen. Erkunden Sie, welcher Rhythmus und welche Beschaffenheit des Atmens sich hier am besten anfühlen. Wenn Sie in diesem Bereich irgendeine Spannung oder Enge bemerken, entspannen Sie, sodass sich während Sie Einatmen keine Spannung aufbaut und Sie beim Ausatmen sich an keiner Spannung festhalten. Wenn Sie wollen, können Sie sich vorstellen, dass die Atemenergie dort am Nabel in den Körper eindringt, sodass Sie kein Gefühl der Belastung aufkommen lassen, indem Sie sie von woanders her ziehen. Sie sollten spüren, wie die Atemenergie frei und leicht ein- und austreten kann und durch nichts behindert wird.

- Wenn sich dieser Bereich des Körpers erfrischt anfühlt, lenken Sie Ihre Aufmerksamkeit auf andere Bereiche

Ihres Körpers und wiederholen Sie die gleichen Schritte. Untersuchen Sie die folgenden Bereiche in dieser Reihenfolge: die rechte Seite des Bauches, die linke Seite des Bauches, den Solarplexus (die Spitze ganz vorne in Ihrem Bauch), die rechte Flanke (auf Brusthöhe), die linke Flanke, die Mitte der Brust, auf der rechten Seite, wo die Brust auf die Schulter trifft, und die gleiche auf der linken Seite. Mit anderen Worten, Sie bewegen Ihren vorderen Oberkörper mental von unten nach oben und konzentrieren sich zuerst auf die Mitte, dann auf die rechte und dann auf die linke Seite. Bewegen Sie sich dann nach oben und wiederholen Sie das gleiche Muster.

- Sie werden vielleicht feststellen, dass – während Sie die verschiedenen Bereiche des Körpers fokussieren – sich der Rhythmus und die Beschaffenheit des Atmens verändern wird, um sich an den situativen Körperbereich anzupassen. Das ist perfekt und gut so. Gehen Sie dann an die Stelle, wo der Hals beginnt und verfahren Sie wie beim Nabel.
- Dann lenken Sie Ihre Aufmerksamkeit auf die Mitte des Kopfes. Wenn Sie ein- und ausatmen stellen Sie sich nicht nur vor, wie die Atemenergie durch Ihre Nase ein und wieder ausfließt, sondern auch durch die Augen, Ohren den Nacken und durch das Schädeldach. Stellen

Sie sich vor, wie diese Energie sich durch jedes im Kopf gespürte Spannungsmuster durcharbeitet – z. B. im Kiefer, im Bereich der Augen, der Stirn usw. – und diese Spannungsmuster sehr sanft auflöst. Fühlen sich die Spannungsmuster entspannt an, können Sie sich vorstellen, wie die Atemenergie in den Bereich der Zirbeldrüse, gleich hinter den Augen tief eindringt und diesem Bereich des Körpers erlaubt, all die einströmende Atemenergie, die er benötigt, zu absorbieren. Seien Sie vorsichtig und erzeugen Sie nicht zu viel Druck im Kopf, weil die Kopfnerven dazu neigen, sich zu überstrapazieren. Wenden Sie nur so viel Druck an, um Ihren Fokus angenehm aufrechtzuerhalten.

- Wenden Sie sich nun zum Hals an der Schädelbasis. Stellen Sie sich beim Einatmen vor, wie die Atemenergie an diesem Punkt in den Körper eindringt und dann entlang der Schultern, durch die Arme und durch die Fingerspitzen nach unten fließt. Stellen Sie sich beim Ausatmen diese Energie vor, die von diesen Körperteilen in die Luft ausstrahlt. Wenn Sie sich dieser Körperteile bewusster werden, beobachten Sie, welche Seite angespannter ist: die linke oder rechte Schulter, der linke Oberarm oder der rechte Oberarm usw. Welche Seite auch immer verspannter ist, versuchen

Sie bewusst diese Seite zu entspannen und während des ganzen Einatmens und Ausatmens entspannt zu bleiben.

- Wenn Sie zu Verspannungen in den Händen neigen, dann wenden Sie eine angemessene Zeit dafür auf, die Verspannung in jedem Handrücken und in jedem Finger zu lösen.
- Nun richten Sie Ihren Fokus auf den Nackenbereich und atmen mit der Vorstellung ein, dass die Energie an beiden Seiten der Wirbelsäule entlang nach unten bis zum Steißbein fließt. Wiederholen Sie dieselben Schritte bei den Schultern und Armen. Das heißt, wenn Sie ausatmen, stellen Sie sich vor, wie die Atemenergie vom Rücken aus in die Luft strahlt. Wenn Sie mit dem Gefühl im Rücken vertrauter sind, registrieren Sie, welche Seite mehr Verspannung in sich trägt und versuchen dann ganz bewusst, diesen Bereich während des gesamten Ein- und Ausatmens entspannt zu halten.
- Als nächstes konzentrieren Sie sich auf das Steißbein. Denken Sie beim Einatmen an die Atemenergie, die an dieser Stelle in den Körper eindringt und durch die Hüfte sowie die Beine und die Zehenspitzen wieder ausströmt. Wiederholen Sie die gleichen Schritte erneut für Ihre Schultern und Arme. Bei Bedarf können

Sie ausreichend Zeit damit verbringen, Verspannungen in Ihren Füßen und Zehen zu lösen.

- Hier schließt sich der Kreis der Untersuchung des Körpers. Wenn Sie wollen, können Sie erneut durch den Körper gehen, beginnend beim Nabel und schauen, ob Sie irgendwelche Verspannungen ausfindig machen und lösen können, die Sie beim ersten Durchgang übersehen haben. Sie können diesen Vorgang so lange wiederholen, wie Sie möchten, bis Sie fühlen, dass Sie bereit sind.

Wie lange Sie jeden Bereich des Körpers behandeln, liegt bei Ihnen. Normalerweise möchten Sie zunächst an jedem Punkt oder Bereich nur ein paar Minuten bleiben und mehr Zeit in den Bereichen entlang des Mittelmeridians des Körpers verbringen, weniger an den Seiten des Körpers und noch länger an Schultern, Rücken und Beinen. Je besser Sie mit den Energiemustern Ihres Körpers vertraut sind, desto besser können Sie die Zeit abschätzen, die benötigt wird, um in diesen Bereichen zu bleiben.

Wenn ein Bereich oder Punkt besonders gut auf Ihre Aufmerksamkeit reagiert und Spannungen auf erfrischende Weise löst, bleiben Sie dort, während er reagiert. Wenn ein Punkt oder Bereich nach einigen Minuten der Aufmerksamkeit nicht mehr reagiert - oder wenn Sie feststellen, dass die

Spannung zunimmt, wenn er fokussiert ist - lassen Sie diesen Punkt in Ruhe und fahren Sie mit dem nächsten fort. Wenn Sie nur eine begrenzte Zeit zum Meditieren haben, wollen Sie sich vielleicht nur auf die Untersuchung der zentralen Stellen auf der Vorderseite des Torsos (Nabel, Solar Plexus, Mitte der Brust) beschränken und dann zu Hals und der Kopfmitte vordringen.

Sollte das Fokussieren des Kopfes bei Ihnen zu Kopfschmerzen führen, dann vermeiden Sie diesen Bereich so lange, bis Sie gelernt haben, wie man mit einem Minimum an Druck den Fokus aufrechterhält.

Wählen Sie eine Stelle als Ruhepunkt

Sie können jede Stelle wählen, an der die Atemenergie klar zu spüren ist und leicht fokussiert werden kann. Einige der traditionellen Stellen sind:

- Die Nasenspitze,
- den Punkt zwischen den Augenbrauen,
- die Mitte der Stirn,
- die Spitze des Kopfes,
- die Mitte des Kopfes,
- der Gaumen,
- der Nacken an der Schädelbasis,

- die Stelle wo der Hals beginnt,
- an der Spitze des Brustbeins,
- der Nabel (oder eine Stelle kurz darüber),
- die Basis der Wirbelsäule.

Im Laufe einiger Meditationssitzungen können Sie mit verschiedenen Stellen experimentieren, um herauszufinden, welche Stelle die besten Resultate bringt. Vielleicht finden Sie heraus, dass auch andere Stellen, welche nicht in der Liste erwähnt sind, gut funktionieren. Vielleicht stellen Sie auch fest, dass das gleichzeitige Verweilen an zwei Stellen – z. B. die Kopfmitte und die Basis der Wirbelsäule – es Ihnen ermöglicht, Ihre Aufmerksamkeit stärker zu fokussieren als bei nur einer Stelle. Letztlich wollen Sie in der Lage sein, Ihre Aufmerksamkeit auf jede Stelle im Körper zu fokussieren. Diese Fähigkeit wird dann von Nutzen sein, wenn Sie an einer Krankheit oder Verletzung leiden, weil man so manchmal den Heilungsprozess beschleunigen kann, wenn die Atemenergie auf bestimmte Körperbereiche fokussiert wird.

Breiten Sie Ihr Gewahrsein von diesem Punkt mit jedem Ein- und Ausatmen auf den gesamten Körper aus.

Stellen Sie sich eine Kerze vor, die in der Mitte eines dunklen Raumes steht. Die Kerzenflamme ist auf einen Punkt begrenzt, aber ihr Licht erfüllt den gesamten Raum. Auf die gleiche Weise wollen Sie Ihr Gewahrsein zentrieren und doch ausweiten.

Vielleicht tendiert Ihr Gewahrseins-Gefühl dazu nachzulassen, besonders, wenn Sie ausatmen. Sagen Sie sich also mit jedem Atemzug: „Den ganzen Körper einatmen, den ganzen Körper ausatmen." Dieses den ganzen Körper umfassende Gewahrsein, hält Sie davon ab, dann zu ermatten, wenn der Atem sich gerade angenehm anfühlt und dann den Fokus zu verlieren, wenn der Atem subtiler wird.

Stellen Sie sich vor, wie die Atemenergie mit jedem Atemzug durch den gesamten Körper strömt.

Erlauben Sie dem Atem den Rhythmus oder die Beschaffenheit zu finden, die sich am besten anfühlt. Stellen Sie sich vor, dass all diese Energien sich vereinigen und in Harmonie fließen. Je vollständiger die Verbindung dieser Energien ist, desto müheloser wird der Atem sein. Wenn Sie spüren, dass die Atemkanäle während der Einatmung offen sind, aber während der Ausatmung geschlossen, dann justieren Sie Ihre Wahrnehmung so, dass diese während des gesamten Atemzyklus offen bleiben.

Dann brauchen Sie diese Empfindung des gesamten Atemkörpers nur noch während der Meditation aufrecht zu erhalten. Seien Sie nicht besorgt, wenn der Atem stiller wird. Der Körper wird von allein atmen, wenn er muss. Wenn der

Geist still ist, verbraucht das Gehirn weniger Sauerstoff. Die Menge an Sauerstoff, die der Körper passiv über die Lungen und vermutlich auch über die entspannten Poren der Haut erhält, ist ausreichend (Anatomen vertreten hierüber verschiedene Meinungen). Machen Sie sich jedoch bewusst, dass der Atem nicht zum Stillstand gezwungen werden sollte. Lassen Sie ihn seinen eigenen Rhythmus folgen. Ihre Aufgabe ist es, einfach ein weites und zentriertes Gewahrsein aufrechtzuerhalten und dem Atem zu erlauben, frei durch den Körper zu fließen.

Falls Sie feststellen sollten, dass Sie den Fokus verlieren, wenn Sie Ihr Gewahrsein im Körper ausdehnen, können Sie zu der Untersuchung der verschiedenen Körperbereiche zurückkehren, es mit einem Meditationswort versuchen oder einfach nur auf eine Stelle fokussiert bleiben, bis Sie bereit sind, es noch einmal mit dem umfassenden Körpergewahrsein zu versuchen.

Variationen

Wenn Sie mit der Meditation und den dabei auftretenden Problemen vertrauter geworden sind, können Sie diese Schritte nach eigenem Ermessen anpassen. Tatsächlich ist es bei der Praxis der Atem-Meditation zur Entwicklung von Einsichtskraft wichtig, ein Gespür dafür zu gewinnen, wann und wie Anpassungen vorgenommen werden müssen, d. h. wie man aus dem eigenen Experimentieren lernt.

Vielleicht wollen Sie die *Reihenfolge der Schritte ändern*. Sie stellen möglicherweise fest, dass Sie eine etwas angenehmere Weise zu atmen finden (erster Schritt), wenn Sie zuerst ein umfassendes Körpergewahrsein entwickeln (fünfter Schritt). Oder Sie finden heraus, dass Sie den Geist für eine Weile durch die Konzentration auf einen einzelnen Punkt sicher zur Ruhe bringen müssen (vierter Schritt), bevor Sie im Körper mit der Untersuchung der Atemempfindungen (dritter Schritt) fortfahren können. Vielleicht stellen Sie fest, dass Sie, nachdem Sie sich entschieden haben, bei einem Punkt zu verweilen (vierter Schritt), sich lieber gleichzeitig auf zwei Punkte konzentrieren wollen, bevor Sie mit der Ausdehnung Ihres Gewahrseins auf den gesamten Körper (fünfter Schritt) fortfahren.

Eine andere Anpassungsmöglichkeit der Schritte besteht darin, das, was Sie während eines bestimmten Schrittes tun, abzuwandeln. Der dritte Schritt – das Erforschen der subtilen Atemempfindungen im Körper – lässt besonders viele Variationen zu. Vielleicht wollen Sie Ihre Untersuchung im Nackenbereich beginnen und stellen sich vor, wie die Atemenergie dort in den Körper eindringt und dann durch die Wirbelsäule nach unten fließt und schließlich durch die Beine und dann durch die Zehenspitzen, sowie den Zwischenräumen herausfließt.

Dann stellen Sie sich den Atem vor, wie er im Nackenbereich eindringt, entlang der Schultern nach unten durch die Arme, die Finger und die Zwischenräume der Finger strömt. Dann lenken Sie Ihre Aufmerksamkeit auf die Atemempfindungen in die Vorderseite des Torsos.

Oder vielleicht möchten Sie zuerst sehr schnell durch die Teile des Körpers gehen und dann die Untersuchung methodischer wiederholen. Sie können sich aber auch vorstellen, wie sich die Richtung der im Körper fließenden Atemempfindungen ändert. Zum Beispiel wenn Sie sich vorstellen, dass der Atem über Ihre Wirbelsäule und dann aus Ihren Füßen fließt, können Sie sich stattdessen vorstellen, dass er von Ihren Füßen zu Ihrer Wirbelsäule und dann entweder oben aus Ihrem Kopf austritt, oder von dort wieder nach unten über Ihren Hals fließt, um im Bereich des Herzens auszutreten.

Vielleicht spüren Sie aber auch, dass es Atemenergien gibt, die den Körper wie ein Kokon umgeben. Wenn das geschieht, dann versuchen Sie diese Energien zu beschreiben, ob sie z. B. harmonieren und falls nicht, wie die Harmonie so wiedergewonnen werden kann, dass die Energien innerhalb des Körpers genährt werden. Eine Möglichkeit ist, diese Energien so zu visualisieren, dass sie alle in eine Richtung fließen, z. B. vom Kopf bis zu den Zehen und sie dann nach einer Weile so zu visualisieren, dass sie in die andere Richtung fließen. Registrieren Sie, welche Richtung sich angenehmer anfühlt und dann bleiben Sie bei dieser Empfindung.

Wenn sich der Kokon aus Atemenergie angenehm anfühlt, kann man mit Einsatzmöglichkeiten dieser angenehmen Energie experimentieren um enge oder schmerzhafte Bereiche des Körpers zu heilen.

Eine andere Möglichkeit, die Schritte bei bestimmten Situationen anzupassen, ist, sich nur auf ein paar wenige Schritte zu konzentrieren. Dies könnte bei zwei Gelegenheiten versucht werden:

- Wenn Sie gerade erst mit der Meditation begonnen und dabei festgestellt haben, dass die weitergefassten Schritte – 3, 5 und 6 – schwer zu befolgen sind, ohne abgelenkt zu werden, dann können Sie diese vorerst überspringen und sich zunächst auf die begrenzteren Schritte – 1, 2 und 4 – konzentrieren, bis Sie ständig bei ihnen verweilen können. Erst dann sollten Sie Ihre Praxis auf die anderen drei Schritte ausweiten. Wie viele Meditationssitzungen dazu benötigt werden, spielt keine Rolle. Wichtig ist, dass Sie es schaffen, eine komfortable Mitte aufrechtzuerhalten. So können Sie dann die verbleibenden Schritte mit einer größeren Stabilität hinzunehmen.

- Wenn es Ihnen gelingt, alle sechs Schritte miteinander zu verbinden und lernen wollen, den Geist so schnell wie möglich zur Ruhe kommen zu lassen, dann können Sie sich auf die Schritte 4, 5 und 6 konzentrieren. Sobald Sie nämlich aus Ihrer Erfahrung gelernt haben, in welchem Bereich sich Ihr Geist am leichtesten konzentrieren kann, können Sie versuchen, ihn an diesem Punkt schnell zur Ruhe zu bringen. Erlauben Sie Ihrem Geist, sich bequem niederzulassen und dann testen Sie, wie schnell Sie Ihr Gewahrsein zusammen mit der angenehmen Atem-Empfindung auf den gesamten Körper ausweiten und ihn damit füllen können. Diese Fertigkeit ist sehr nützlich, nicht nur im Kontext formaler Meditation sondern auch im Alltagsleben.

Dies sind nur einige der Möglichkeiten mit denen Sie experimentieren könnten. Doch im Allgemeinen ist es gewöhnlich am besten, nacheinander mit den sechs Schritten zu beginnen, damit Sie immer wenn Sie sich zum Meditieren hinsetzen, eine klare Praxisanleitung zur Hand haben. Auf diese Weise wird es Ihnen jedes Mal, wenn Sie abgelenkt sind, leichter erscheinen, dort weiter zu machen wo sie vorher waren.

Die Meditation beenden

Überlegen Sie, wie Ihre Meditation verlaufen ist

Hier geht es darum, Anhaltspunkte zu finden, die bei der nächsten Meditation nützlich sein können. Gab es während der soeben beendeten Meditation einen Moment, bei dem der Geist besonders ruhig und zentriert war? Wenn ja, fragen Sie sich: „Worauf war ich konzentriert? Von welcher Qualität war diese Konzentration? Wie gut hat sich der Atem angefühlt? Wie sind Sie bis zu diesem Punkt in der Meditation gekommen?" Versuchen Sie sich, bei der nächsten Meditationssitzung daran zu erinnern. Vielleicht gelingt es Ihnen, diese Empfindung der Ruhe zu reproduzieren, indem Sie einfach dieselben Schritte wiederholen. Gelingt es Ihnen nicht, dann lassen Sie diese Erinnerung beiseite und konzentrieren sich vollkommen auf das, was Sie gerade tun. Versuchen Sie, beim nächsten Mal genauer zu beobachten. Erst durch dieses aufmerksame Beobachten entwickelt sich Meditation zu einer Fertigkeit und führt zu verlässlichen Ergebnissen. Wie ein guter Koch, der genau darauf achtet, welche seiner Gerichte bei den Gästen

Gefallen finden, um sich dann auf die Verfeinerung dieser Gerichte zu konzentrieren, schließlich einen Bonus erhält oder mit einer Gehaltserhöhung rechnen kann. Oder im besten Fall weitere Gäste mit seinen Gerichten begeistert.

Strahlen Sie erneut Gedanken des Wohlwollens aus

Erinnern Sie sich an den Frieden und die innere Ruhe, die Sie in der gerade beendeten Meditationssitzung erlebt haben und widmen Sie diese Empfindungen anderen Wesen: Entweder bestimmten Menschen, die in diesem Augenblick leiden oder lassen Sie sie allen Lebewesen in allen Himmelsrichtungen zukommen - jenen Wesen, die wie wir unter Geburt, Alter, Krankheit und Tod leiden. Mögen wir alle in unserem Herzen Frieden und Wohlergehen empfinden.

Versuchen Sie, der im Körper empfundenen Atemenergie gegenüber offen zu bleiben, wenn Sie die Meditationshaltung verlassen.

Lassen Sie Ihr körperliches Gewahrsein nicht vom einsetzenden Gewahrsein des Gesichtsfeldes verdrängen. Und lassen Sie Ihr Gewahrsein von der Atemenergie im Körper nicht durch Gedanken an die jetzt folgenden Aktivitäten verdrängen. Versuchen Sie so gut wie möglich, Ihre Empfindung vom gesamten Körpergewahrsein zu bewahren. Vielleicht gelingt es Ihnen nicht, beim Ein- und Ausatmen zu bleiben, während Sie mit anderen Aktivtäten beschäftigt sind, aber Sie können ein allgemeines Gespür für die Atemqualität im Körper bewahren.

Lassen Sie dieses Gespür locker fließen. Registrieren Sie, wenn Sie sich dieser Empfindung nicht mehr gewahr sind und achten Sie darauf, wie Sie dieses Gewahrsein wiedererlangen können. Versuchen Sie, die Gewahrseinsempfindung von der Atemenergie bis zur nächsten Meditationssitzung so konstant wie möglich aufrecht zu erhalten. Auf diese Weise behalten Sie während des Tages eine solide, und nährende Grundlage für den Geist. Dies verschafft Ihnen ein Gefühl der Erdung. Dieses Geerdet-Sein gibt Ihnen nicht nur ein Gefühl von Sicherheit und innerer Leichtigkeit, sondern auch eine Grundlage für das Beobachten der Bewegungen des Geistes. Dies ist einer der Wege, durch den stetige Achtsamkeit und Wachheit eine Grundlage für Einsicht bilden.

Mit anderen Worten, der geschickteste Weg die Meditation zu beenden ist, sie nicht völlig zu beenden. Verweilen Sie so oft und so lange wie möglich in diesem Zustand.

Abschluss

Nun sind Sie zum Abschluss dieses Buchs gekommen und haben hoffentlich einen großen Eindruck dessen bekommen, was Sie für sich selbst und Ihr Umfeld alles nutzen können, um sich einen reineren, erfüllteren und entspannteren Geist, sowie auch Alltag zu gestalten.

Gerade auch die abschließenden Techniken und Lehren zur Erfüllung Ihres alltäglichen Selbst können Sie nutzen um einen enormen Erfolg, der für Sie perfekt erscheint, in Ihrem Leben zu erreichen.

Wir sind uns sicher, Sie erreichen hiermit all das, was Sie sich wünschen und finden ein friedvolleres und zielgerichteteres Leben.

Haftungsausschluss

Dieses Buch enthält Meinungen und Ideen des Autors / der Autorin und hat die Absicht, Menschen hilfreiches und informatives Wissen zu vermitteln. Die enthaltenen Strategien passen möglicherweise nicht zu jedem Leser, und es gibt keine Garantie dafür, dass sie auch wirklich bei jedem funktionieren. Die Benutzung dieses Buchs und die Umsetzung der darin enthaltenden Informationen erfolgt ausdrücklich auf eigenes Risiko. Haftungsansprüche gegen den Autor für Schäden materieller oder ideeller Art, die durch die Nutzung oder Nichtnutzung der Informationen bzw. durch die Nutzung fehlerhafter und/oder unvollständiger Informationen verursacht wurden, sind ausdrücklich ausgeschlossen. Das Werk, inklusive aller Inhalte, gewährt keine Garantie oder Gewähr für Aktualität, Korrektheit, Vollständigkeit und Qualität der bereitgestellten Informationen. Druckfehler und Fehlinformationen können nicht vollständig ausgeschlossen werden.

Impressum:

ZP Digital Mihail Kogalniceanu 66 of.3 MD-2009 Chişinău Moldova,

zpdigital@yahoo.com

Printed in Poland
by Amazon Fulfillment
Poland Sp. z o.o., Wrocław

77994370R00066